# 轉學後班上的清純可愛美少女，竟是小時候玩在一起的哥兒們 3

Hibariyu
雲雀湯
illustration
シソ

Kadokawa Fantastic Novels

# 序章

蒼白的天空。

宛如潔淨白紙的雲。

隨風搖曳的樹林枝椏摩娑出沙沙聲響。

此處四面環山，放眼望去彷彿牢獄一般。平凡無華、一成不變、偶如凝滯的景象，就像是褪了色。

這就是沙紀眼中的世界。

生為平安時代延續至今的神社的獨生女，沙紀在尚未懂事之前就投入了神樂舞的訓練，心中絲毫沒有疑慮。

由於身邊全是大人，她總像機關人偶般四處問好。

她老是一個人，沒什麼特別想做的事，存在意義就是準備成為月野瀨下一個巫女。

所以她的世界相當枯燥乏味。

孩提時期的她對這個世界沒什麼好感。
神樂舞的練習又特別嚴苛。平常溫柔體貼的祖母、爸爸和家人，獨獨對她的神樂舞練習尤其鞭策，不容妥協，甚至不准她喊累。
她練習神樂舞的目的是什麼？
她又是為了誰而舞？
這個舞究竟要跳到何時才能罷休？
老實說，沙紀很想放棄。
但這是不被允許的。
再說，她也不知道自己還有什麼存在意義可言。
毫無變化的月野瀨鄉村景象映入了沙紀的眼簾。
她的世界只有絕望和灰暗的色彩。
不知不覺間，沙紀總是沮喪地低著頭。
那是某年夏日祭典的某一天。
也是沙紀首次登上舞台表演神樂舞。

話雖如此，對沙紀來說也並無特別之處。
只不過是將過去拚命練習的成果換個地點重新演示罷了。
要說跟平常有什麼不一樣，大概就只有服裝格外華麗吧。
儘管周遭那些高大的大人們對沙紀讚譽有加，沙紀心中也激不起一絲漣漪，反而只覺得身上的衣服比平常重了不少，讓她喘不過氣。
她覺得有些煩躁。
但將情緒寫在臉上也無濟於事。
於是沙紀專心致志地跳神樂舞。
為了平復心中雜亂的思緒。
「天啊！不但漂亮，還很帥氣耶！」
「……咦？」
神樂舞表演告一段落時，舞台下忽然傳來這聲讚美。
沙紀循聲望去，發現有個男孩子正在用力鼓掌，眼中盈滿了閃耀的光輝，臉上也帶著綴滿喜悅的鮮明笑容。

面對如此純潔直接的讚賞和笑容，沙紀一時間竟不知如何是好。

以往平靜無波的心湖忽然掀起滔天巨浪，讓她隱隱作痛。她下意識揪緊胸口，呼吸也莫名難受。

全身上下立刻竄出一股熱火，頭腦也開始發昏。

就像高燒不退似的。

但她不討厭這種感覺。

沙紀越來越搞不懂自己在想什麼了。

「唔！」

「啊！」

所以沙紀將那個男孩的驚呼聲拋在腦後，忍不住逃離現場。

莫名難解的思緒盤踞在心中。

她根本無法好好處理這份情感。

只知道好像有某些事要變得不一樣了。

沙紀懷著莫名的恐懼，一看到祖母就衝上前緊緊抱住，彷彿想尋求援助。

「～～～！」

「沙、沙紀！到底怎麼回事！」

祖母接住沙紀後，沙紀就一直用額頭在祖母懷裡蹭著，讓祖母很是疑惑。

「沙紀，妳是怎麼了？」

「發生什麼事了……神樂舞不是跳得很好嗎？」

父母親也因為擔心而跑了過來，沙紀卻只是將臉埋在祖母懷裡拚命搖頭。

沙紀這孩子從來不需要他們操心。

不會任性撒嬌，懂事又乖巧，在神樂舞方面又天賦異稟，讓人忍不住想認真訓練她，是個令人驕傲的好孩子。

但這是沙紀第一次顯露出這個年紀該有的模樣。

他們在一旁看著，也逐漸明白了這一點。

不久後，恢復平靜的沙紀才緩緩抬頭看向周遭。

除了祖母和父母親，平常對她很好的神社氏子們也都憂心忡忡地看著她。

這讓沙紀的心踏實了許多，便忍不住撒嬌地將心中思緒吐露而出：

「…………我好怕。」

「好怕？」

「嗯。」

「怕什麼？」

「那個……男生。」

「妳說霧島小弟嗎？他是不是捉弄妳了？」

「不是，他說我的神樂舞漂亮又帥氣……」

「……什麼？」

「我搞不懂，胸口悶悶的。我……變得好奇怪。」

沙紀用帶著哭腔的嗓音拚命傾訴，周遭的人卻只是紛紛笑了起來。

眾人的反應讓沙紀不滿地嘟起嘴，卻發現大家的表情都跟那個男孩子一樣鮮明又耀眼。

她驚訝地瞪大雙眼，將拳頭抵上躁亂失序的胸口。

然後，她仰起頭看向天空。

在宛如打翻了珠寶盒般閃耀奪目的滿天星辰中，碩大的月亮靜靜地發出凜然的光芒。

加上隱去星月的片片流雲，成就了一幅壯麗的蒼穹之景。

一陣風吹拂而來。

一望無際的群山在枝葉婆娑下唱起了歌。
映入眼簾的風景和眾人的表情，本該是再熟悉不過的模樣。
沙紀卻覺得這是前所未見的光景。
為什麼以前都沒發現這件事呢？
心中的躁動久久不能平息。
那一天，沙紀發現自己的世界有了色彩。
這是沙紀才七歲時的往事。

第1話

# 縈繞在腦海中的那句話

直到現在，隼人偶爾還是會夢見第一次見到春希時的場景。

幾乎要讓肌膚灼傷的毒辣豔陽。

吵雜不休的蟬鳴聲；自地面冉冉升起的熱浪。

各處盛放的向日葵隨風搖曳讚頌夏日的畫面，甚至有些惱人。

他記得那天很熱。

「少囉嗦，閉嘴，滾一邊去。」

在他的記憶最深處，這是春希對他說的第一句話。

彷彿早已看透絕望的陰鬱神情，拒人於千里之外的混濁眼睛。明明全身上下都在表達不相信任何人的憤怒，卻又在外頭抱膝而坐，想吸引他人的注意。

隼人對此相當不滿。

所以「隼人」硬是把「春希」帶了出去。

看著春希大驚失色的表情，隼人露出得逞的笑容。

他不記得在那之後春希對自己說了什麼。

只記得那就是一切的開端。

他們經常吵架，或許春希說的不只有那一句。

但只要他們去山裡玩，就會比賽誰摘的野草莓多；去溪邊玩時，會比賽誰抓的溪蟹大；還會在廢材場展示各自打造的寶劍，並用劍比武。

所以和春希共度的記憶中總是充滿了歡笑。

隼人用俯瞰的視角看著年幼的兩人玩得不亦樂乎。

（可是，春希她……）

沒錯，隼人知道這是一場夢。

兩個孩童開心地玩著充滿田園風情的遊戲，此情此景讓人會心一笑。

本該是如此。

「我是田倉真央的私生女。」

隼人忽然想起春希告訴他的這句話，感覺心臟跳得又猛又急。

眼前那個「春希」笑得天真無邪。

那個笑容和過去偶爾會出現的陰鬱神情交錯而過。
（啊啊，可惡！）
春希當時就徹底看清她的處境了吧。
自己卻一無所知，只會悠悠哉哉地到處跑，簡直像個傻子。
可是，即使如此……
「我想變得更強，才能變成隼人心中真正特別的存在。」
春希會說出這個祕密，絕不是為了博取同情。
那天春希向隼人宣言的嗓音忽然掠過他的腦海。
沒有一絲憂鬱和陰影，澄澈無比的意志相當堅決，充滿繽紛的色彩。
回想至此，隼人的心臟再次躁動起來，忍不住衝動喊出那個名字。

「——春希！」
「咪呀！」
「…………………咦？」

隼人嚇得從床上一躍而起，還發出愣愣的聲音，似乎對傳進耳裡的聲音有些困惑。

不知為何抱著隼人制服的春希，就這麼映入他尚未清醒的眼簾。

他完全沒搞懂現在是什麼情況。

春希一如往常規矩整潔地穿著制服，卻像惡作劇被拆穿的壞孩子般僵著一張臉，視線還四處游移。

由於剛才作的那一場夢，隼人的眼神越來越不高興。

嘴裡發出的嗓音變得低沉，似乎還帶了點生悶氣的味道。

「……妳在幹嘛？」

「我、我什麼都還沒做啊。」

「要對我的制服搞鬼嗎？」

「沒、沒有啦，只是覺得柔軟精味道好香，洗得很乾淨耶！」

「春希……？」

「啊～～！我、我去叫小姬起床！」

「啊，喂！」

說完，春希就把制服硬塞給隼人，手忙腳亂地衝出房間。

（春希這傢伙……這麼說來，我把備用鑰匙給她了。）

看著春希「一如往常」的背影離去後，隼人彷彿放下了心中大石，同時湧現一股想笑的心情，讓他不禁莞爾。

感覺真不可思議。

「呀～～！為、為為為、為什麼小春會在家裡～～！」

「哇哈哈哈哈哈哈～～！」

隔壁房間傳來春希和姬子尖銳的吵嚷聲。

被塞進懷裡的制服襯衫出現些許皺褶，似乎是被春希用力抓過的關係。

一絲與自己截然不同的獨特甜香竄入鼻腔，隼人忍不住怦然心動。這次他的眉間也跟制服一樣，產生了幾道皺紋。

將一大早就吵吵鬧鬧的春希和姬子放一邊，隼人著手準備早餐。

早晨的時光相當寶貴。

雖然起床的時間跟平常差不多，但也沒多少時間慢慢磨蹭了。

今天早餐的主菜是炒蛋。

將切塊的奶油起司和切碎的香菜等剩下的香草加入蛋液中，以鹽、胡椒和牛奶調味，開中小火，用木鏟炒到軟嫩的半熟狀態。

接著淋上自製甜辣醬——將醋、砂糖、味霖、豆瓣醬、蒜末及太白粉水攪勻，放進微波爐加熱而成。

在讓人欠缺食慾的悶熱夏日早晨，這道菜也能令人一口接一口。

再加上生菜沙拉、土司和各自喜歡的飲料後，就是一頓豐盛的早餐，賣相也很棒。

實際上，春希看到隼人在這麼短的時間內就變出一頓早餐時，也驚訝地猛眨眼睛。

「怎麼了，春希，妳不吃嗎？」

「咦？沒有啊，我要開動了～」

「哥，幫我拿牛奶，牛奶！」

「好好好，春希，妳要咖啡嗎？」

「嗯，牛奶加多一點……小姬，妳只喝牛奶喔？」

「我還在發育嘛……一定可以再大一點……我不奢望平均大小，但至少也要像小春那——對了，小春，我要問小春啦！妳今天一大早就在搞什麼鬼啊！」

姬子彷彿現在才發現這一點，用憤怒的眼神瞪著春希和隼人。

看姬子一臉嘔氣的表情，又看到偷偷將眼神別開的春希，可見春希是用某些奇怪的方式叫她起床吧。姬子搔癢似的揉著脖子。

隼人也不知該如何回答。

再說，隼人也沒想到春希會忽然跑過來。

隼人用疑惑的眼神往旁邊一瞥，就對上春希那一言難盡的眼神，並且露出苦笑。

她的行為確實有點瘋狂吧。

但看到春希尷尬的表情後，就知道她不是故意要嚇姬子，也不是莫名想整人這種刻意的理由。春希一定只覺得這跟平常的打鬧沒兩樣。

見她如此不拘泥的態度，甚至有些依賴自己的模樣，隼人的嘴角不禁上揚。

「我把備用鑰匙給春希了。喏，這裡又不像月野瀨那樣大門隨時都是對外敞開的。」

「啊～這倒是。原來如此啊～我也還沒習慣這種生活，偶爾真的會忘記鎖門。」

「這、這樣就接受了喔……啊哈哈……」

月野瀨的防盜意識相當鬆散，這是鄉下人的特性。只有出外旅行或長期不在家時才會鎖門，否則根本沒這種習慣。

順帶一提，他們當地的風俗習慣是不按門鈴，有事就直接打開玄關門大喊家主的名字。

「哎，不過……嗯咕。」

姬子用牛奶將剩下的土司一口氣灌進肚子裡，「呼～～」地吐了口氣後，再次用不滿的眼神看向隼人和春希，聳聳肩說道：

「真受不了，畢竟哥和小春從以前就感情很好嘛。」

「「哪有啊。」」

「……看吧。」

「「……」」

聽到姬子拋來這句傻眼的埋怨，有些害臊的兩人竟然異口同聲。姬子故意在他倆面前大聲嘆氣，像是放棄抵抗般起身離開。

「是是是，我吃飽了。」

現場只留下尷尬的氣氛。

隼人用責難的目光瞪了春希一眼，春希雖然神情尷尬地吐出粉色小舌，卻用略帶愉悅的嗓音說：

「啊哈哈，我想試試動漫裡面那種叫兒時玩伴起床的老哏橋段嘛。」

「……麻煩下次對我做就好。」

「我也不想惹小姬生氣嘛。」

「也是。」

聽到春希毫無反省之意的台詞，再加上那張天真可愛的笑容，隼人的心跳再次慌亂失序，但這次的理由跟夢裡的感覺不同。

隼人也模仿姬子，將各種「東西」塞進嘴巴再用咖啡灌進肚子裡，卻還是漏出了些許類似殘渣的東西。

「……………太狡猾了吧。」

「嗯？你說什麼？」

「不，沒什麼。」

看著兒時玩伴津津有味地吃著炒蛋的笑容，隼人露出了敷衍的笑。

吃完早餐後，迅速做好準備的隼人便和春希及姬子走出公寓。

東方的天空萬里無雲，夏季豔陽從一大早就瘋狂展顯自我，讓人立刻汗流浹背。無比潮濕的熱氣纏上全身後，心情與步伐也越來越沉重。

但這股熱浪對春希和姬子絲毫沒有影響，她們的情緒相當亢奮，完全不輸給夏日酷暑。

「對了，託你們的福，我總算減肥成功了。居然比顛峰期少了五公斤耶！」

「咦，真的假的，小春好詐喔！明明都吃一樣的東西，我才減三公斤而已，唔唔唔……啊，哥呢？」

「我哪知道。而且我本來就沒在減肥，連體重都沒量過。」

看樣子是減肥成功了，或許這也是她們亢奮的原因之一。

姬子對結果有些不滿，但兩人目前的體重已經回到跟原先體重誤差一公斤以內的範圍。光從外表來看，隼人根本不知道跟以前有什麼差別，所以回答也有些敷衍。

不過，隼人的嘴角還是不自覺上揚。

（對了，這是我們三個第一次一起上學耶。）

看著妹妹和兒時玩伴在一旁嘰嘰喳喳地回顧減肥過程有多辛苦，隼人不禁這麼想。

三個人像這樣走在一起或許不是什麼稀奇的事，但一大早穿著制服閒聊的感覺還是不太一樣。

「對了，難得減肥結束，真想大吃一頓甜食呢。不過復胖真的很可怕，這方面還是得注意一下。」

「我想吃巴斯克！巴斯克乳酪蛋糕！哥，做給我吃，要少糖喔。」

「啊，居然是我要做喔？」
「畢竟是隼人嘛。」
「因為是哥呀。」
「「對呀～」」
「哎……」
無論如何，隼人只希望春希開心。得知那個祕密後，這股心情變得更加強烈。於是他也心滿意足地笑了。
與此同時，隼人有些不知所措。
或許是減肥成功讓春希太開心，她的情緒有點過high。
「啊，我要走這邊。拜拜！」
「喔，不要打瞌睡喔。」
「小姬，晚點見～～！」
在大馬路上和姬子分開後，春希依然用「一如往常」的態度和隼人說話。
「對了，隼人家裡有做蛋糕的工具嗎？材料也是要在超市買齊？還是要去專賣店買比較好？」

「春希，先別提這些。呃，那個，妳懂吧……？」

春希高興地說個不停，隼人硬是打斷她的話題，並用眼神催促她看看四周。

在離學校不遠的通學路上，四處都能看見穿著和隼人、春希同樣制服的學生。

那些學生全都用驚訝的眼神看過來，彷彿親眼目擊傳說中的槌之子或什麼不可思議的珍禽異獸。

「啊～～……」

春希皺起眉頭窺探隼人的臉色，似乎現在才發現這件事。

二階堂春希是個萬人迷。

跟她在一起久了就會不小心忘了這一點。清純可愛、文武雙全，性格敦厚文雅，對所有人一視同仁，卻又保持了一點距離，帶著清純柔美笑容的高嶺之花——這是春希扮演的虛擬偶像，也是她的偽裝。

這樣的她卻在一個男孩（隼人）面前露出誰也沒見過的笑容，還積極地與他搭話。

況且今早的隼人不是前幾天被妹妹打理過的模樣，頭上還頂著睡翹的雜亂髮尾。

這樣勢必會引來周遭的注目，現在也有幾個人在竊竊私語。

隼人實在不習慣這種好奇的目光，百般無奈地嘆了口氣。

但他又不忍心苛責試圖改變自己的春希。

「喏，距離忽然拉得太近，感覺也挺麻煩的吧，『二階堂同學』？」

「……說得……也是。」

春希低下頭有些遺憾地低喃了一句，便退一步拉開距離。

隼人見狀，雖然有些心痛，但總是這樣也不是辦法。

他用力搔搔頭，並直接揮了揮舉起的手做出「再見」的手勢後，加快腳步離開現場。

春希目送隼人的背影離去，低語道：

「也對，我得先清除周遭的障礙才行。」

她的臉上浮現出有些一言難盡，又宛如心懷鬼胎的挑釁笑容。

到了午休時間。

教室裡立刻吵嚷起來，學生們各自展開行動。

平常隼人也會直接前往祕密基地，今天卻不知該如何是好。

原因就在春希身上。

最近她戴上乖巧面具的頻率越來越低，女同學們也漸漸與她變得親近。

由於春希一早就愁容滿面，還不時發出充滿憂傷的嘆息，帶著半分憂心半分好奇的女同學們紛紛上前詢問：「二階堂同學，妳怎麼了？」「有心事的話可以找我們聊聊啊。」這群女孩的中心人物，就是森的兒時玩伴兼女友——伊佐美惠麻。

「別擔心，我沒事。」

然而春希只用有些困擾的表情和敷衍的笑容回應她們的關切。

不論怎麼看，就是個懷著苦惱的少女。但隼人看著她的側臉，只覺得胸口莫名躁動。

隼人再次看向春希。

此刻她依然不經意地捲著自己的長髮髮梢，並發出炙熱的嘆息。

還不時瞥向隼人，視線對上後又露出為難的笑容。

有幾個眼尖的女同學發現了春希的異狀，立刻圍在教室角落討論起來。

（該怎麼辦啊……）

隼人也有些無措地嘆了口氣。這時森笑嘻嘻地走了過來。

「嗨，霧島，真難得耶，今天還沒決定午餐要吃什麼嗎？」

「森……是啊，今天沒帶便當，我正在煩惱該吃什麼。現在去福利社有點晚了，學生餐廳應該也擠滿了人。」

這些話也在暗示春希：今天我得先搞定午餐，所以會晚一點。

但隼人暗示時偷偷捎向春希的眼神被森敏銳地察覺到了，只見他愉悅地瞇起眼。

「別說這些了。聽說你今天早上跟二階堂甜甜蜜蜜地走在一起啊？」

「唔！啊～～呃，這個嘛……」

隼人發現自己頓時吸引了眾人的目光。

雖然只有少部分的人看見，但謠言已經傳開了。

再加上春希的態度有異，自然會讓人好奇。

況且前陣子一輝對春希告白時，又被大家看見自己把春希帶出去的模樣。

隼人拚命動腦思考。要是不找個理由說服大家，就算森沒追究，往後也一定會被其他人追問，這一點可以想見。

隼人和眉頭緊蹙的春希四目相交後，用力搔搔頭並嘆了口氣。

「其實……」

「……其實？」

「我、我跟她打聽了一些絕招，以免長鬃山羊老是跟我在鄉下養的狗搶東西吃。」

「什麼，狗？不讓長鬃山羊……搶狗的東西吃……？」

「噗噗！咳咳、咳咳咳咳……呵……唔呵呵呵呵……！」

聽到隼人搬出的藉口，春希忍不住趴在桌上噴笑出聲。拚命憋笑的她肩膀不停抖動，看樣子好像莫名戳中她的笑點了。

周遭也頓時充滿了啞口無言的氣氛。

然而看到春希的反應，大家也紛紛接納了隼人的說詞。

「這、這樣啊，還真辛苦耶。」

「對啊，長鬃山羊是國家保育類動物，我也不能把牠趕走。而且牠莫名親人又很聰明，不會破壞農作物，只會跟狗搶東西吃。」

隼人的話題在另一層意義上引起了眾人的好奇。

提出這種又怪又好笑，在月野瀨也會引人發噱的話題後，大家的興趣也跟著轉移了。春希還是在拚命憋笑。

（……勉強敷衍過去了？）

隼人暗自鬆了口氣，結果最近常常出現在這間教室的某個人也過來了。

「你好像在說什麼有趣的話題呢，隼人。」

「一輝……沒什麼啦，只是鄉下的日常瑣事。」

「這樣才有趣嘛。妳說是不是啊，二階堂同學？」

「唔！」

一輝帶著和藹可親的微笑來到隼人身邊。

春希立刻抬起頭，渾身充滿警戒。

教室裡的學生都投以好奇的目光。

「還好……對了，海童同學，你來幹嘛？」

「來看妳啊，不行嗎？」

「我對你無話可說，請回吧。」

「真可惜，又被甩了。我該怎麼辦啊，隼人？」

「……不要問我。」

春希帶著微笑狠狠甩掉一輝後，一輝遺憾地露出苦笑。

接著一輝又輕拍隼人的肩膀，向他尋求建議。

隼人也自然而然地接了話，讓春希氣得臉頰抽動。

最近這陣子，隼人和一輝的距離明顯拉近了不少。

森完全嗅出了他們之間的化學反應，便帶著好奇的眼神上前搭話。

「『隼人』跟『一輝』啊……你們什麼時候變得這麼熟啊？」

「哈哈，就前陣子啦，我們出去玩的時候，隼人英姿颯爽地解救了我的危機吧？」

「什麼鬼啊？有點無法想像耶。」

「當時真的很帥氣呢。」

「……我哪有做什麼，你太誇張了。」

隼人板著臉回答，一輝臉上卻還是充滿愉悅的笑意，顯然對他十足信任。如果一輝是狗，此時應該正緩緩搖著尾巴吧。他就是如此緊黏隼人。

有些女同學也發出了充滿腐——芳香氣息的尖叫聲。

不過也有人不吃這一套。

「海童，要是因為感情好一點就馬上黏過去，『隼人』也會很困擾喔，對吧？」

「咦……噢，二階堂……同學……？」

春希露出毫無感情的微笑，身子流暢地溜進隼人和一輝之間。

春希和一輝就這麼四目相交。

她的笑容帶著一絲威嚇，一輝面臨這種狀況，還是開心地笑個不停。

這兩個八卦當事人營造出的肅殺氣氛，讓周遭眾人都跟著緊張起來。

「我有這麼黏人嗎？朋友之間這樣很正常吧？」

「你應該有點分寸。你看，隼人同學也嚇一大跳呢，對吧？」

「咦？啊，呃，我還好……」

「哈哈，二階堂同學也想加入的話，可以更老實一點——」

「海童～～！」

「——好痛！」

這時，春希忽然怒氣沖沖地往一輝的小腿猛踹一腳。

完全就是小孩耍性子的舉動，周遭的人全都嚇得目瞪口呆。

但一輝的嘴角弧度又上揚了幾分。

春希似乎對他的反應相當不滿，氣得嘟起嘴將臉別向一旁。

隼人和春希對上眼後，將手扶上疼痛不已的額頭，感到傻眼的思緒化作嘆息從口中流瀉而出。

「一輝，你真的很蠢耶……還有二階——」

「春希。」

「二階……」

「叫～～我～～春～～希！」

「春希……同學……」

「嗯，很乖。」

看到春希這種像在鬧脾氣的態度，除了森以外，其他同學也都被方才這一連串資訊量過大的對話嚇傻在原地，完全跟不上事態發展。

「咦？現在是什麼情況……？」

「奇怪，我記得海童同學跟二階堂同學的關係……」

「對了，之前霧島同學是不是有把二階堂同學帶出教室啊？」

各種會引起騷動的臆測此起彼落。

這時春希才終於發現自己闖了什麼禍，差點發出「咪呀」的驚叫聲，又硬生生地嚥了回去。

一輝聳聳肩苦笑。

隼人則扶著額頭從座位上起身，在春希耳邊說了一句「笨蛋」就離開了教室。

舊校舍的某間教室。

得以逃離教室紛擾的避難場所。

只屬於隼人與春希的祕密基地。

此時不約而同傳出兩道嘆息聲。

「妳在幹嘛啊，春希。」

「因、因為……」

在那之後，隼人和春希錯開時間離開教室，在這裡會合。

隼人吃著從福利社買來的牛奶餐包，春希吃的是從超商買來的飯糰。兩人的午餐話題當然就是剛才在教室發生的那件事。

春希一定是想用自己的方式努力實踐那天晚上做出的宣言吧。

看她意志消沉的模樣，似乎也知道自己做得太過火了。

接著，她低聲呢喃：

「海童他……」

「一輝？」

「感覺他好像……輕輕鬆鬆就取代了我以前的地位……」

「還好吧。倒是妳，要是像以前那樣跟我這麼親近才會出問題啦。」

「唔……」

看來她是看不慣一輝剛才的反應。

隼人偷偷瞥了身旁的春希一眼。

她難得用鴨子坐姿坐在抱枕上，靜靜低頭的樣子可愛極了，十分惹人憐愛。

跟以往大不相同，帶著飽滿光澤的滑順長髮、被夏季制服包覆的纖瘦身材以及從制服下伸出的修長四肢。她張開有些無精打采而嘟起的嘴唇，將剩下的飯糰全都塞進嘴裡。

隼人緊張地吞了吞口水。

若是平常的樣子也就罷了，當春希露出這種乖巧老實的模樣，總會讓隼人再三意識到她是異性的事實。

這時，隼人忽然發現他們兩人單獨待在空無一人的教室裡，讓他心跳加速，完全靜不下來。

他發現自己的手竟莫名其妙地伸向春希後，連忙搔了搔頭，彷彿想掩飾什麼。

「畢竟，春希妳，呃，是女孩子嘛。」

「……隼人？」

「啊～～就是，我們已經跟以前不一樣了，有很多事情需要注意吧？」

「……是啊，真難拿捏。」

「……對啊，好難拿捏。」

說完，春希就舉起雙手伸了個懶腰，靠在牆上抬起頭，隔著窗往外看。

現場瀰漫著難以言喻的氛圍。

太陽在萬里無雲的蒼穹之上綻放金燦光輝，往祕密基地投下了濃重影子。

「女孩子啊……我實在搞不懂。畢竟我一直以來都沒有跟人密切往來。隼人，你懂女孩子嗎？」

「妳知道月野瀨有多鄉下吧？跟我同輩的女孩子，頂多只有那個姬子的朋友。」

「我想想，她家是不是開神社的？那個女孩子個性穩重又端莊，感覺很像人偶。」

「她跟姬子無話不談，但我只要跟她打招呼或說幾句話，她都會立刻逃跑。」

「咦，立刻逃跑……隼人，你幹了什麼好事？啊，難道你得意洋洋地把抓到的高砂深山鍬形蟲拿給她看了？」

「她又不是妳。一般女生對高砂深山鍬形蟲沒興趣啦！」

「居然不懂那種獨特的頭部線條美，這些女人七成的人生都白活了！」

「怎麼可能啦！」

「啊哈哈！」

兩人的思緒飄回往日情景，聊著聊著笑開懷後，尷尬的氣氛便瞬間煙消雲散。

隼人因此鬆了口氣，春希則露出以往那種淘氣的壞笑，將臉湊向隼人。

「難得身邊有女孩子，卻被人家討厭，覺得很可惜吧。」

「哪、哪有啊……那個，她可能不太知道怎麼面對我，但她還是願意告訴我減肥食譜啊。真的被她討厭的話，我根本沒戲唱吧。」

「咦？你的食譜是跟她問來的？」

「不過可能是因為跟姬子有關啦……啊，對了，她還傳了今年的神樂舞服裝照給我。」

「神樂舞？」

「就是夏日祭典的……喏，妳看。」

「唔！……這是……」

看了隼人遞過來的手機畫面後，春希微微倒抽一口氣，僵在原地。

「既豪華又漂亮吧，還不只這樣……啊，抱歉，妳對夏日祭典……」

「咦？啊、嗯，不是啦，我只是有點驚訝。」

「驚訝？」

「她居然會露出這種笑──」

春希發出了驚愕，或者該說有些疑惑的嗓音。

隼人百思不解，正想好好看看春希的表情時，宣告下午課堂開始的鐘聲正好響起。

「──啊，回去吧。」

「……好。」

於是，隼人和露出含糊笑容的春希一起離開了祕密基地。

回到教室後，大家就針對中午的突發事件對春希窮追不捨。

不僅要面對女同學接二連三的圍攻逼問，男同學也紛紛對她拋出近似悲嘆的視線，希望她澄清其中的誤會。

隼人皺著眉頭看著春希的慘況。

男同學的目光逮到春希隔壁的隼人後，立刻變得尖銳扎人。這種完全翻臉不認人的態度也讓隼人發出五味雜陳的嘆息。

至於圍在春希身邊的女同學，與其說逼問，反倒更像對春希的反應樂在其中。她只要聽到提問，就會驚慌失措忸忸怩怩，變得滿臉通紅。

也算得上是令人會心一笑的場面，就像在調戲吉祥物。

然而看到她們不肯放過春希的樣子，有個男同學評論：「沒想到我升上高中還能看到梅花幾月開的遊戲。」讓隼人不禁噗哧一笑。

「我、我還有事，那個，要早點走！」

放學後，春希就連忙衝出教室。

看來是被眾人的提問攻勢搞得筋疲力盡了吧。

目送如脫兔般逃離教室的春希離去後，隼人無奈地抓起書包，將沒有掛上鑰匙圈的鑰匙放在掌心撥弄。為防萬一，他帶的是原本放在家裡的第一把鑰匙。

（……沒辦法，妳是自作自受，笨蛋。）

隼人嘴裡藏著這種惡言惡語，但想起春希受到大家的溫暖微笑攻勢後驚慌失措的模樣，還是不經意笑出聲。

「嗨，你已經要回去啦？」

「是你啊，森。除了買晚餐食材，我還得去其他地方。」

「原來如此～我本來想跟你討回『人情』耶～～」

「……啊～～先讓我『欠著』吧。」

「好啊，我很期待喔。」

聽到森若無其事地提到「人情」二字，隼人頓時疑惑地皺起眉，隨後想起今天中午之後被他解救的事，才輕輕搖頭露出苦笑。和森揮手道別後，隼人便離開教室。

今天隼人之所以沒像春希那樣受到不分男女的群體攻擊，都要歸功於森和一輝的協助。森不著痕跡地用容易回答的提問方式勾出了大家都好奇的問題；一輝則是提起前陣子和隼人出去玩後感情變好的事，成功轉移了眾人的注意力。比起他和春希之間的糾葛，大家對隼人毫無起伏的平板歌喉聊得更起勁，甚至還要求他現場表演。

就另一層意義來說，他也算是被玩弄得體無完膚，但他確實欠這兩人不少「人情」。

隼人這麼心想，往車站前走去。那裡有間他剛搬來時就光顧過的鎖印行。

「咦？隼人已經回家啦……」

這時一輝才來到教室，和隼人錯過了。

張望四周卻沒看見要找的人，一輝露出有些困擾的表情。

森見狀，向他揮揮手詢問來意。

「他說有事先走了。不過難得會在放學時間看到你耶，不用練球嗎？」

「段考前會先暫停啦……這樣啊，隼人不在啊……」

「……一輝？」

看到一輝含糊其辭的模樣，森用充滿疑惑的眼神看著他。

一輝發現森在看自己後，尷尬地聳聳肩，隨後將視線移向正在女生群中談笑風生的伊佐美惠麻。

「算了，遲早的事。」

一輝向滿頭問號的森招招手，再偷偷把手機螢幕遞給他看，以免被其他人察覺。

看了手機的森驚訝地瞪大雙眼，接著乾笑幾聲。

「這……哈哈。」

「嗯，這是一個叫鳥飼的同學傳給我的，她有個讀國中的妹妹。」

螢幕上是一張照片。照片中的隼人打扮得跟平常截然不同，在電影院前被姬子咄咄逼人地痛罵。

姬子雖然在對他發脾氣，臉上表情更像是在鬧彆扭，隼人也在努力安撫她的情緒。

一看就知道兩人的關係匪淺，而且春希也經常將姬子的照片秀給其他人看。

真不知道接下來會如何發展。

森和同樣露出苦笑的一輝互看一眼，彼此聳了聳肩。

◇◇◇

放學後，春希逃也似的衝出教室。
為了避人耳目，她下意識走向位於校舍後方的花圃。
途中，春希看到那頭充滿特徵的捲翹髮尾在眼前跳呀跳的，便立刻面露喜色地跑過去。
「喂～～未萌，妳要去花圃嗎？」
「啊，春希。對呀，我想去拔雜草。」
「我也去幫忙吧。」
「好，麻煩妳了。」
未萌對脫下乖寶寶面具的春希露出柔和的微笑，說了句「會曬黑喔」並把草帽遞給春希。春希回答「我是不是也該去買一頂自己的草帽啊」，與她相視而笑。
這段時期只要稍微不注意，立刻就會雜草叢生。
但她們平常就會認真維護，所以不必花太多時間整理。
她們也順便採收了剛好成熟的番茄。

「對了，茄子一般是早上採收，番茄是傍晚採收對吧？」

「這好像跟光合作用有關。」

「妳說的光合作用，是植物吸收二氧化碳後排出氧氣的那個反應嗎？」

「是呀。進行光合作用時，植物會吸收水分和肥料製造出澱粉和糖分，似乎就能採收到比較甜的作物。反過來說，早上採收的作物就會比較鮮嫩。」

「哦，原來是這種原理啊……原理……」

末萌翻著隨身攜帶的筆記本回答春希的問題。

隨後，她忽然發現春希雖然裝得若無其事，用園藝剪刀喀嚓喀嚓地採收番茄，嗓音中卻帶著一絲心煩。

而且前陣子她才剛從春希口中聽說了那個無法輕易對外人吐露的祕密。

末萌只猶豫了一會就下定決心，在胸口緊緊握拳後，來到春希身邊盯著她的臉。

「妳有心事嗎？」

「咦？啊～～嗯……算是心事嗎？」

「跟霧島同學有關？」

「啊、啊哈哈，不算是吧，該怎麼說……」

「這樣啊……」

春希自己也不知道該怎麼形容。

兩人都皺起眉頭，一臉為難地露出苦笑。

未萌難得主動搭話，想傾聽春希的煩惱，因此春希心裡覺得有些抱歉，也能從這種體貼之處感受到未萌的善良。

春希將視線往下移，未萌那對將體育服胸口繃緊的豐滿巨乳便映入眼簾。

未萌此刻又是腋下夾緊的姿勢，更強調其傲人的尺寸。

春希瞪大雙眼。

（有夠大！）

她忍不住和自己的胸部比較，還想起前陣子在未萌家借穿體育服時，胸口部分還有不少空間。

未萌「嗯～～」的一聲微微歪過頭，將指尖移動到下巴時，胸前的傲人雙峰又軟又Q地晃了晃。春希心中不斷湧現：「衣服底下到底是什麼情形？」「泡澡的時候會浮在水面上嗎？」「這跟自己的胸部真的是同一種物質嗎？」等疑問，驚訝之情溢於言表。

真是太精彩了。

配上末萌嬌小的身軀，更加凸顯整體比例的失衡。

在各種意義上，春希都移不開視線。

「……春希？」

然而末萌憂心忡忡地盯著表情難以言喻的春希，才讓春希連忙搖搖頭思索下一句話。

「唔！啊，呃，我是有點煩惱自己的女子力。」

「女子力？」

「那個，該怎麼說，我的本性實在沒幾分女性魅力可言……欸，末萌，妳別笑啦！」

「嘻嘻。哎呀，人稱高嶺之花的春希居然會為了女子力而煩惱，感覺很好笑嘛。」

「那只是做做表面功夫而已……啊，我知道了，是因為看到她笑得那麼燦爛，我才會在意這種事……」

「春希……？」

春希忽然想起之前隼人讓她看的那個巫女裝扮的女孩子。

因為春希從來沒見過那種笑容，才會深深烙印在她眼底。

不知怎地，春希在意得不得了，同時也燃起探求的渴望。

末萌見狀，將雙手合十並露出微笑。

「那就先和那個女孩聊一聊如何？」

「聊一聊？」

「我就是因為有跟妳好好聊過，才對妳有更進一步的了解嘛。」

「未萌……嗯，或許吧。但我該怎麼——」

話語至此，春希忽然想起小時候硬是將抱膝獨坐的自己帶到外面的「隼人」。

沒有設想太多，直接衝進她的世界的那個重要夥伴。

春希忍不住輕笑。

「也是。未萌，我可以跟妳商量如何製造聊天的契機嗎？」

「當然，包在我身上！」

兩人相視而笑。

她們聊得熱火朝天，絲毫不輸給火辣辣的豔陽。

◇◇◇

隼人回到家的時間比平常晚了許多。

此時已經完全過了放學時間，夏日豔陽卻依舊高掛天際，西方天空也還帶著一抹蒼藍。

「我回來了。」

「嗯～～哥你回來啦。今天滿晚的耶～～」

「因為我去重打一把自己的鑰匙，還去買了晚餐食材。」

「是喔～～」

姬子在客廳迎接隼人回家，臉卻完全沒朝向他，回話也有些隨便，視線和注意力全放在電視螢幕上。

電視正在播放之前去看的那部電影的電視動畫系列作。一定是跟春希借來看的吧。

「……適可而止喔。」

「知道啦。」

妹妹是準考生，卻還是這副德性。隼人對此十分傻眼，但仍走向廚房放下食材。

（真是的，春希這傢伙……）

午休發生的那件事也很離譜，隼人覺得該好好唸她幾句，並拿著書包走向自己的房間。

「……咦？」

「～～！」

打開房門的那一剎那，隼人嚇得愣在原地。

不知為何，眼前居然是正在脫制服襯衫的春希。

她已經將一邊的袖子脫下來，呈現半裸狀態。

隼人不禁嚥了口水。

透亮白皙的滑嫩肌膚、鎖骨、腰部曲線和肚臍，這些平常藏在衣服底下的部位，在在描繪出花樣少女獨有的那種含苞待放的未成熟及妖嬈之美。

還有那件包覆著春希比平均值稍微含蓄一點的胸部，配上米白色蕾絲的內衣清純又可愛，跟先前那件大不相同。看到這一幕，就算不是隼人，也一定無法移開視線。

經過短暫的沉默，兩人的思緒再次啟動，臉頰也跟著漲紅。

「對、對不起！」

隼人急忙關上房門並轉過身子，彷彿在警告自己不准往那邊看。

他心臟跳得極快，甚至懷疑房門另一頭的春希能聽到自己的心跳聲。聽覺變得格外敏感，衣物摩擦的聲響清楚地竄入耳中。

關上房門的那一刻，他看見春希將襯衫拉至胸口試圖擋住身軀，無比羞澀的模樣深深烙印在他的腦海，揮之不去。

（什麼跟什麼啊……）

簡直莫名其妙。

到底怎麼回事？她在這裡做什麼？隼人心中不斷湧現這些疑問。

但春希勻稱的身體曲線更出乎意料地讓他意識到春希是異性這項事實，讓他困惑不已。短時間內他應該忘不了那一幕吧。

過了一會，春希打開房門探出頭，表情十分尷尬。

「傷、傷到你的眼睛了……」

「呃，沒有啦……妳在換衣服嗎？」

「嗯，穿著制服感覺太正式了嘛，而且也很熱。」

說完，春希原地轉了一圈。

平常的制服裝扮搖身一變，上半身是衣襬綴有花朵圖樣的無袖長版上衣，下半身則是帶有飄逸感的迷你裙。

雖然是家居服，不過完全可以穿出去到附近買點東西，整體風格相當休閒，又帶有一絲可愛。

由於剛才不小心看到那一幕，隼人更加意識到春希是異性，於是偷偷別開視線。他也發現自己接下來的語氣變得有些粗魯。

「是沒錯啦……但幹嘛在我房間換衣服？」

「如果是在小姬的房間，我擔心衣服混在一起會很麻煩嘛……啊，我已經放幾件在這裡了。」

「……根本沒經過我同意啊。」

「唔嘻嘻。啊，你有興趣的話也可以穿穿看啊。我最近才發現，當『女孩子』的感覺意外地有趣耶。」

「我才不穿。是說，我也穿不下啦。」

「畢竟隼人變這麼高了啊～」

說完，春希便露出純真可愛的笑容，踮起腳尖將手掌抵在額頭上，打算和隼人比身高。

看她的言行舉止一如往常，隼人覺得只有自己被耍得團團轉，心裡實在不是滋味。

所以他燃起了莫名的對抗意識。

否則他平常絕對不會說出這種話吧。

「對了，妳今天穿的款式跟上次那件不一樣，感覺滿可愛的。」

「～～！」

話題被丟回來後，春希頓時滿臉通紅地嚇傻在原地，兩隻眼睛瞪得大大的。

報復成功的隼人露出計謀得逞的竊笑，沒想到春希的回答出乎他的意料。

「……很奇怪嗎？」

「——！？？！？」

春希神情不安地揚起視線這麼問，反倒讓隼人驚慌不已。

「啊～呃，不、不會奇怪啊……我覺得……很適合妳。」

「是嗎……那個，這件跟之前看電影穿的那件，哪件比較適合我……？」

「啥……呃，就是那個，兩件都很那個啦，那個。」

「啊，那個啊……那我問你，你喜歡那件還是今天這件……？」

「春、春希……！不，那個，呃……」

隼人拚命想讓自己恢復平常心，卻不能如願，也無法正視春希的眼睛。感覺自己正在被現場的焦急氣氛漸漸吞噬。

他覺得「這不是春希的作風」。

話雖如此，他覺得這樣也不賴。看來隼人的腦子某處傷得不輕，而且還毫無自覺。

「哥，我餓了～你們在幹嘛啊？」

「「！」」

這股難以言喻的氣氛忽然被動畫看了一個段落的姬子給打破。

隼人和春希急忙拉開距離，舉止變得相當可疑，但僅只一瞬。他們看向彼此尋求解決方案，接著點點頭。

「我、我們在討論晚餐要吃什麼。」

「對、對啊，減肥雖然結束了，我還是擔心會復胖……小姬，妳有什麼提議嗎？」

「我想吃肉！」

只有隼人和春希才能做到這種心靈相通的技術。

姬子也很單純。

兩人不禁鬆了口氣。

滿心雀躍的姬子正準備回去繼續看動畫時，春希才對著她的背影大喊一聲：「啊！」似乎忽然想起某件事。

「等一下，小姬！」

「怎麼了，小春？」

「其實我想麻煩妳一件事——」

聽到春希意料之外的請求，姬子眨眨眼睛點頭說道：「嗯，可以啊。」

# 思慕之人啊，留下我遠走他鄉

跟都市相比，入夜後的月野瀨呈現的風貌截然不同。

有好幾隻獨角仙聚在路燈光源下，日本鷹鴞和青蛙的鳴唱聲此起彼落，一般民家也很早就熄燈了。

但坐落於半山腰的村尾家神社某一間房，由於房間主人今年要考高中，尚無熄燈打算。

房間的主人沙紀——可說是個美麗又帶點神祕感的少女。

儘管仍有一絲稚氣，她端正的五官、與日本人相差甚遠的蒼白肌膚、紮成雙辮的亞麻色頭髮，以及代替睡衣的一身浴衣，全都營造出玄妙且迷幻的美感。

沙紀像個準考生坐在房間書桌前，將筆記本攤在桌面，口中唸唸有詞。

筆記上到處都是紅色的訂正線和註解，由此可見內容是何等艱澀。

『盛夏時節，祝願隼人哥哥身體安康。

先前提供給您的減肥食譜，不知您後來有沒有用到呢？

若有任何疑問或追加之必要，敬請不吝告知。

我已事先準備了幾個預備方案。

行文潦草，還望海涵。

村尾沙紀』

這是預計傳給隼人的訊息草稿。

為了查出這些平常鮮少使用的詞彙註解和意思，她翻遍字典又上網查，才精心擬出了這篇草稿。

可悲的是，通篇內容像極了商業文書，一點也不像國中女孩要給好友哥哥的訊息。

「訊息到底該怎麼寫才好呀～～？」

沙紀嘆了口氣，整個人攤在桌上，忍不住淚眼汪汪。

自從傳了減肥食譜和自拍照給隼人後，沙紀就一直想傳訊息給他，卻刪了又改、改了又刪。

好不容易跟隼人交換了聯絡方式，卻連一句話也沒談上。

隼人還住在月野瀨時，沙紀跟他也沒什麼交集。

兩人沒有共同的興趣，稱得上共通話題的頂多只有姬子。

如今那位姬子也已分隔兩地，她和隼人更不可能開啟話題了。

沙紀搖搖晃晃地起身離開座位，一股腦地倒到床上滾了一圈。

「我真沒用……」

那一天。

她的世界出現色彩的那一天。

在那之後，沙紀心中最重要的那個地方就一直有隼人的位子。

他是特別的存在。

沙紀卻一點辦法也沒有。

越是意識到他的存在，腦袋就越是一片空白，連打聲招呼都做不到。

原以為用不必面對面的訊息就能成功交流，但一想到自己前幾天幹的好事，連沙紀那對顏色蒼白的耳朵也立刻染成一片通紅。

「嗚嗚嗚～～我怎麼會做出那種事啦……」

她想起自己前幾天做的事。

起因就是好友姬子臨時傳來的那則訊息。

『那個啊～～我哥想知道妳的聯絡方式，妳要給他嗎～～？總之我先把他的帳號傳給妳，妳不想加就直接忽略吧。』

一方面沙紀認為再這樣下去兩人就會越來越疏遠，只能看著這份微弱的聯繫慢慢斷絕，又覺得這場及時雨來得正是時候，才會樂得忘乎所以。

當時她也拚命查了一堆食譜，卻又對自己冷冰冰的文字不甚滿意。

好想製造一些機會。

在深夜亢奮心情的推波助瀾下，她興高采烈地傳了一張自拍照給隼人。

沙紀嘆了一口氣。

她滑著手機，看到某張照片後便皺起眉頭。

「她好可愛啊……」

照片中的人正是春希。

和姬子一起挑選衣服試穿、和大家在ＫＴＶ聚在一起吃蜜糖土司、調侃抱著大貓咪玩偶的隼人……每張照片中的春希都活潑又開朗，臉上帶著純真可愛的笑容，跟過去在月野瀨看到她的感覺如出一轍。

都已經分開了七年之久，還是跟以前一樣在隼人身邊開心地笑著。

這一點——

讓沙紀——

羨慕得不得了。

從兩人的表情來看，應該還沒發展成特殊關係。

但沙紀知道，過去自己覺得理所當然的日常生活會在一瞬間瓦解。

雖然盼望著總有一天能並肩同行，他還是離開了月野瀨（自己身邊）。

隨著明年升學的日子來臨，沙紀也就能離開月野瀨，但這半年的時間還是讓沙紀急不可耐。

「好想提早一年出生喔……」

面對這個無奈的現實，沙紀道出了些許怨言。她翻了身讓身體呈現大字形，浴衣下襬跟著敞開，紮成雙辮的亞麻色頭髮也輕輕散了開來。

仰望窗外，月亮正好被雲層遮蔽，夜色加深了幾分，昏暗的影子也灑落在沙紀的臉龐。

「嗯……嗯嗯？」

這時手機傳來了通知，發信人是姬子。

『加入這個群組。』

跟這則簡單的訊息一同出現的是一個名叫「月野瀨」的群組邀請通知。

沙紀頓時有些疑惑，不明白是怎麼回事。邀請人是姬子。

但一看到群組成員中有「霧島隼人」這個名字，沙紀驚訝地倒抽一口氣，當場端正坐姿點擊螢幕。

『測試。我是霧島隼人。這樣有成功嗎？』

結果她正好看到隼人打出這行字，心臟猛跳了一下。

她完全搞不懂現在是什麼狀況。

雖然驚慌失措，還是努力壓抑興奮又急躁的心情，開始輸入文字。

『我是村尾沙紀。有成功，看得到你的訊息。』

『啊，村尾。太好了，我第一次加入群組。』

『我也差不多，我的聊天對象頂多只有姬子。』

『這樣啊，但忽然邀妳進來，妳應該嚇到了吧？我也是剛剛才從姬子那裡學了之後，把APP下載好而已……是說姬子那傢伙太慢了吧？』

『小姬如果發現其他好玩的事，經常會分神……』

『真受不了她……她這陣子確實會這樣，明明在讀書，只要我沒注意就跑去玩遊戲。』

『呵呵，很像小姬會做的事。』

只是普通的閒聊。

但對沙紀來說，這是她第一次跟隼人閒話家常。

（唔、唔哇唔哇，我居然在跟哥哥正常聊天！我、我沒說什麼奇怪的話吧？也沒有打錯字吧！）

沙紀的心臟從剛才就激烈地跳個不停，不只是肩膀，渾身上下都變得僵硬無比。現在是怎樣？小姬，妳快來解釋清楚！——沙紀雖這麼想，卻又冒出「機會難得，好想跟哥哥多聊一些！」這種矛盾心理。緊張、驚愕、羞恥、歡喜等感情在胸口翻騰，好像快要昏過去了。

但她一點也不討厭這種感覺。

沙紀對這樣的自己甚至感到有些可笑。這時，有著那張熟悉的臉的大頭貼也加了進來。

『啊～～終於搞定大頭貼了！好看嗎！』

『啊哈哈，妳選的妝容很適合妳耶。是自拍嗎？』

『姬子……我才想說妳怎麼在房間裡磨磨蹭蹭……對了，村尾的大頭貼好像在哪裡看過……？』

『啊，這是我家神社販售的稻荷神護身符。』

『原來如此，難怪覺得似曾相識。這樣看起來很討喜很可愛耶。』

『……是嗎？』

『啊～～沙紀的大頭貼很可愛吧。對了，哥，你怎麼沒有設定大頭貼啊，很無聊耶，無～～聊～～死～～了～～』

『妳罵我也沒用啊……』

沙紀的喜悅指數衝到了最高點。

（他說很可愛，他說討喜又可愛！呀～～！）

雖然隼人稱讚的是大頭貼而不是自己，但被誇獎可愛，沙紀滿腦子都是這個念頭。

她在床上滾來滾去，雙腳激動地上下晃動，不斷重看那句讚美之詞。

她不由自主地笑彎了眼，嘴角也勾起愉悅的笑意。

在那之後，對話仍持續進行。

姬子剛剛說了一句『要說適合哥的大頭貼，應該是這種吧』，並傳了一張類似宴會料理的圖。沙紀回覆『感覺很好吃耶』，隼人則回答『這倒是』，開心地聊起食譜話題。

啊啊，這段對話毫無重點，卻又無比自然。姬子加入話題後，對話節奏變得流暢許多。

這正是長年來讓沙紀焦急苦惱的癥結點。

（很、很好！雖然不知道是怎麼回事，我要把握機會跟哥哥多聊一會……咦？）

沙紀剛才打字飛快的指尖忽然停下動作。

一張隼人正在煮飯的照片就這麼映入眼簾。

他的側臉看起來很開心，彷彿下一秒就要哼起歌了。或許是滿心想著待會要吃這道菜的人，他的眼神十分溫柔。

在毫無準備的狀況下看到這張照片，沙紀的心頭一驚，也狠狠地揪了一下。

『哎呀哎呀，你們好像在聊什麼有趣的話題耶。但說到隼人，應該非此莫屬吧～～』

看到照片下方出現這行字，同時跳出看似遊戲角色的大頭貼及「†春希†」這個名稱後，沙紀的心臟因為另一種因素而加速跳動，一道冷汗竄過背脊。

『春希，這是什麼時候拍的啊？』

『啊～～不過確實能理解啦，說到哥就想到做飯嘛。』

『因為他一副老大哥的模樣，我一時鬼迷心竅就拍下來了！』

『真是的……』

『對了，小春，這個大頭貼是什麼？看起來很像妖精耶，是哪部動畫或遊戲的角色？』

『他叫鍛高譚，是我在網路遊戲裡自己捏的角色～～』

螢幕上的群組話題圍繞著隼人，聊得不亦樂乎。

沙紀卻滿頭疑惑，只能呆呆地盯著看。

（咦？咦？春希……姊姊……？）

她重新看了群組名稱，上面寫著「月野瀨」三個字。

春希確實也是月野瀨的人，她會出現在這裡也算合理，但對沙紀來說，還是有些出乎意料。

看著隼人、姬子和†春希†的大頭貼頻頻跳動，將自己的大頭貼洗掉之後，沙紀拿著手機的手不禁開始顫抖。

『我可以直接叫妳沙紀嗎？呃，以前在月野瀨幾乎沒跟妳說過話，應該重新跟妳說聲「初次見面」？』

『啊，可以。我才該說聲幸會。』

『然後就是，呃，那個，謝謝妳加入群組。』

『咦？我、我只是……小姬？』

『對了對了，是小春說想找包含沙紀在內的月野瀨居民建個群組。雖然都已經建好了，應該沒關係吧？』

『姬子……妳完全沒跟她解釋嗎？』

群組裡瀰漫著傻眼又略顯尷尬的氣氛。同時，沙紀也明白了整體狀況。

看來是春希想跟沙紀聊天，才建了這個群組。

為什麼？怎麼回事？

沙紀越來越想不透了。

但在沙紀頭昏眼花的同時，話題還在繼續。

『呃，隼人，把你中午給我看的那張照片放上來。』

『啊啊，這張嗎？』

『哇啊！』

「！」

沙紀不禁屏息，整個人僵住了。

出現在螢幕上的正是沙紀穿著祭典服裝的照片，就是前幾天在深夜亢奮情緒的驅使下，擺出姿勢和表情的自拍照。

看到隼人冷不防地放上這張照片，沙紀頓時羞得渾身發紅。

而且連春希和姬子都看到了。

春希是連同性看了都會忍不住讚嘆的美少女，姒子這位好友也不惶多讓，身材姣好的她活潑可愛，經過的每個人都會回頭看一眼。

自己一時興起拍下的照片被攤在這兩人面前，難怪沙紀會有種被折磨的錯覺，讓她不禁淚眼汪汪。

『沙紀，妳真的超～～～漂亮耶！』

所以沙紀花了點時間才能理解春希說的這句讚美。

現實中的她不禁發出「唔咦？」這種怪聲。

『妳的髮色是天生的嗎？皮膚也好白！嗚哇嗚哇，連衣服都充滿奇幻氛圍，好像遊戲角色，太可愛了，讓我好羨慕喔～～……而且胸部也很豐滿……』

『沙紀不只服裝可愛，跳起舞來更是楚楚動人！』

『沒、沒有啦，太誇張了……』

『不必謙虛啦，我每年都很期待村尾的舞蹈表演，今年夏天也想回去看看呢。』

沙紀嚇得渾身一震。

「啊唔唔……」

不只是因為聽到隼人的讚美，連春希都不斷拋出「好可愛」、「姿態好美」、「巫女服穿起來是什麼感覺」等好奇又充滿善意的提問，讓沙紀不開心也難。

再說，連那麼怕生的朋友姬子都這麼喜歡她，可見她一定是個好女孩。

『欸欸，沙紀，袴裙到底要怎麼穿啊？會很難嗎？好想穿巫女服喔，感覺好有女人味。我最近對這種女孩風格很有興趣～～』

『我、我也想穿～～！之前就有點好奇了。』

『要解釋的話……那個，如果有機會要不要穿穿看？呃，哥哥想穿也可以試一下。』

『……我就算了吧。』

不知不覺，大家開始熱烈談論起來。

在逐漸升溫的女孩話題中，隼人似乎漸漸失去立足之地，惹得大家都笑了。

（說不定春希姊姊其實是個好人呢～～）

回過神來，沙紀發現春希已經在自己心中有了一席之地。

這種出乎意料的舒適感讓她有些困惑。

沙紀的心已經徹底被春希虜獲了。

# 第2話 這樣可以嗎？

正午時分，夏日豔陽懸在天空的最高處，一心一意地釋放萬丈光芒，努力彰顯自己的存在感。

都市的站前人潮洶湧，和只有單線軌道的月野瀨截然不同，到了假日更是誇張。

這裡沒有蔬菜的無人販賣所，而是五花八門的店家四處林立。隼人就身處其中一間家庭餐廳，一輝和森也與他同行。

「啊～～煩死了，on、in、at這些介系詞幹嘛要分開用啊，搞不懂啦！」

「哈哈，學日文的人可能也覺得日文的介系詞很相似吧。」

「我會用酒來聯想。從冰塊上面淋上去就是on，加進梅干就是in，兌水喝就是with，用這種感覺去記。」

「哦～～像這樣畫成圖就很好理解了。不過這是……」

「哎，以前在鄉下經常被叫去參加宴席，免不了要碰酒嘛。」

「原來如此，很有隼人的風格。」

隼人一行人談笑風生，面前各自放著攤開的教科書。換句話說，這是一場讀書會。

起因是今天早上來自森的一通電話。

隼人一開始對於長時間待在家庭餐廳這件事有些抗拒，但店裡人不多，也有其他同樣在讀書的客人，再加上空調涼爽舒適，又有飲料無限暢飲，他立刻就被種種便利性征服了。

「唔唔，肩膀好痠痛！差不多該休息了吧？」

「我也同意，伊織，要不要來點甜食？」

「嗯～～將近一個半小時了啊。我來看看要吃什麼——」

隼人看起來莫名雀躍。和朋友針對難題互相討論和教學的感覺似乎比他想像中有趣。不僅場地舒適，價格也設定在高中生可以負荷的範圍內。

（或許可以推薦姬子來這裡念書。還有春希也……）

想到明明是準考生，卻馬上就會分心去看電視或滑手機的妹妹，隼人不禁輕笑出聲。當他理所當然地想到春希也可以一起來時，忽然想起前幾天撞見她在自己房裡換衣服，以及她那羞澀的表情。隼人也發現自己的臉頰逐漸泛起紅暈。

最近自己真的不太對勁。

只要像現在這樣猛然想起春希，胸口就會開始躁動。

「……看什麼看？」

「嗯，沒有啊～～？」

這時，隼人發現一輝和森正盯著他瞧。

此刻自己臉上是什麼表情，他們的眼神已經說明了一切。他因為尷尬而用力搔搔頭，並喝了一口冰紅茶。

「對了，隼人，你會不會跟二階堂同學一起念書，比誰考得比較好？」

「唔噗！……咳、咳咳……一輝！」

被一輝這麼問，難怪隼人會嗆到。他狠狠地瞪了一輝一眼。

一輝則露出滿面微笑。與其說調侃，更像是在一旁守護溫馨的事物。

看著兩人一來一往，森無奈地用吸管喝光杯中的可樂。

「你們到底是什麼時候變得那麼好啊？」

「森，那是一輝他——」

「就是這個。你叫他一輝，卻只叫我森。嗯～～我跟你交情這麼長，結果只有我被排擠在外。」

「你怪我也沒用啊。」

「所以以後你要叫我伊織喔，隼人。」

「森……啊啊，知道了啦，伊織。」

說完，伊織就一臉笑嘻嘻。一輝臉上的喜悅也不減反增，似乎樂得很。

隼人實在受不了這種令人坐立難安的氣氛，試圖分散注意力並別開目光，伊織卻不肯放過他。

「對了，可以告訴我這是怎麼回事嗎？隼人你啊～～也會打扮得這麼時髦嘛。」

「唔！這、是……」

看到伊織拿到自己眼前的手機畫面後，隼人屏住呼吸。

畫面上是隼人在電影院前被姬子指著鼻子痛罵的照片，從兩人之間的距離能感受到雙方關係匪淺。

畢竟他們是兄妹，這也是理所當然，但不知情的人看了又會怎麼想？

不曉得伊織是從什麼管道拿到這張照片，不過當天人那麼多，就算被春希或姬子的朋友拍到也很正常。

隼人皺眉，瞥向知情的一輝，他卻只是笑著頻頻點頭，笑容似乎在暗示他直說無妨。

隼人發出了有些埋怨的嘆息。
這麼說來，他想到自己還欠伊織一次「人情」。
於是隼人宛如放棄抵抗，再次面向充滿好奇的伊織。
「她叫姬子，是我妹妹。」
「妹妹啊……咦，等等，二階堂不是逢人就說這個女生是她的兒時玩伴嗎？」
「……是啊，我跟春希也是兒時玩伴。」
「哇，原來如此。」
隼人將臉別向一旁拄著腮幫子，像是在鬧彆扭。
伊織臉上的笑容依舊，將視線移回手機上，樂呵呵地繼續說：
「隼人～你平常也可以認真抓一下頭髮嘛。這張照片看起來滿帥的啊～～」
「我才不要。再說，那天是我妹硬要幫我整理，她不准我用平常的打扮走在她旁邊。」
「真是暴殄天物。」
「是是是。」
隼人敷衍地將伊織說的話帶過後，便拿起自動鉛筆準備繼續讀書，結果剛才始終在一旁微笑觀望的一輝忽然丟了顆震撼彈。

「我也覺得你該好好打扮耶，身為你的女朋友，二階堂同學也會很驕傲吧？」

「她、她才不是我的女朋友！」

隼人用力拍打桌面，忍不住起身大吼，自動鉛筆也發出悲哀的聲響應聲折斷。

雖然店裡客人不多，周遭的目光全都聚集過來，隼人這才咳了幾聲想掩飾過去，通紅的臉上帶著五味雜陳的表情，坐回位子上。

「隼人，你們沒有在交往喔？」

「怎麼可能啊。最近一輝這小子還對春希做出類似告白的舉動，讓狀況變得更複雜了。而且我跟春希就只是兒時玩伴而已。」

「啊～～這倒是。但先不提這些，我也在跟兒時玩伴惠麻交往啊。」

「這、這……」

伊織帶著驚訝又有些不解的表情這麼說，隼人便皺起眉頭說不出話來。

平常他們究竟是用什麼眼光看待他和春希呢？

和春希交往。

到目前為止，隼人壓根兒也沒想過這種可能性。

反而覺得連「假設」都不行，所以從來沒有意識到這件事。

因此被伊織如此提點後，一股焦躁難耐的情緒在心中油然而生，讓他不知該如何是好。

一輝見狀，又補上一句有點壞心眼的話。

「我可能沒資格說這種話，不過二階堂同學真的很正耶。」

「……我真的不想承認，但不得不說，這確實是相當客觀的評價。」

「要是大家慢慢淡忘我們之間的傳聞，她可能會被別人搶走喔。」

「怎麼可……！」

「你想說什麼？」

「……沒什麼。好了，繼續念書啦。」

「哈哈！」

隼人差點又要大喊出聲，便拿起剩下的冰紅茶，連同心中翻騰的苦悶情緒硬是嚥下肚。

一輝無奈地聳聳肩，伊織則露出有些為難的複雜神色低喃：

「嗯～～這樣就不太好意思跟你開口了……不對，反而正好。」

「你要說什麼？」

「考完試之後，我想約大家一起去水上樂園玩，想請你幫忙約二階堂。」

「約春希？去水上樂園？」

「惠麻說只有她一個女生會害羞，感覺意願不高，畢竟在那種地方也會擔心有人跟她搭訕。我是很想看惠麻穿泳裝啦，隼人，你不想看看二階堂穿泳裝嗎？」

「唔！呃，那個……是沒有特別想看。但只要開口邀約，她應該會去。」

「是嗎？那就麻煩你了。」

伊織笑嘻嘻地說道。

臉上還帶著如釋重負的感覺。

「感覺很好玩耶，我也能一起去嗎？如果是跟二階堂同學和伊佐美同學去，嗯，應該『沒問題』吧。」

「歡迎歡迎。你說『沒問題』……啊啊，大概能懂你的心情。」

「我再也不想跟飢渴的男生或女生一起出門了。」

「太受歡迎也很辛苦呢。」

隼人雖然答應了這件事，心中卻五味雜陳。

穿泳裝的春希——只是稍微想像，前幾天在房間看到春希半裸的回憶便掠過腦海。不知怎地，他居然不想讓其他人看到春希半裸的模樣，這股近似占有欲的情緒讓他躁鬱難安。

（啊啊，可惡！）

隼人的表情變來變去，一會漲得通紅，一會又愁眉苦臉。

他完全沒發現一輝和伊織各自帶著溫暖和藹及不懷好意的笑容，看著自己不斷變換的表情。

過了一陣子。

剛過正午時分，太陽仍高掛天際。

伊織的女友伊佐美惠麻似乎打工出了什麼問題，把他叫了過去，三人便就此解散。

「我回來了。」

「啊，哥。」

「你回來啦，隼人。」

隼人一回到家，就看到除了姬子之外，春希也理所當然似的待在客廳裡。

桌上攤開幾本教科書，可見春希和姬子正在考前複習吧。

姬子似乎無法集中精神，早已癱軟地倒在桌上，春希卻截然不同。一看到隼人回來，她就馬上整理洋裝裙襬，端正坐姿。

看到她露出「嘿嘿嘿」的甜笑，表現得像一般女孩子，跟以往判若兩人，讓隼人格外怦然心動，便下意識用略帶不滿的嗓音說話，試圖掩飾心情。

「啊～那個，擔心走光的話，妳就改穿可以隨便亂動的輕便服裝啊。」

春希身上的洋裝領口很低，充滿夏日風情。儘管樣式簡樸，裙面做了蛋糕裙的設計，非常可愛。

跟姬子那身細肩帶背心配上短褲，不能讓其他人看到的居家裝扮，以及過去她在家裡穿過的那身毫無品味的俗氣裝扮，可說是天壤之別。

「嗯～以前在我身上都感受不到這種女生氣息嘛，所以我想在這方面下點工夫。我要跟沙紀看齊。」

說完，春希就站起身轉了一圈，彷彿想詢問隼人的意見。

長長的秀髮和短短的裙襬隨之飛揚，大腿根部差點就要走光。

「！其實……啊～那個，感覺還不錯啊。」

看到春希展現自我的模樣，隼人急忙將漲紅的臉別向一旁，故作冷淡地回答，而春希還是露出了滿意的笑容。隼人有種中計的感覺，緊皺眉頭。

「別說這些了。哥，你聽我說，小春她一定有問題。」

「小、小姬～～！」

「！哪、哪裡有問題？」

所以聽到姬子冷不防地丟出這句話，隼人才會驚慌失措地發出變調的聲音。

當事人姬子沒發現隼人的異樣，繼續說道：

「我請她教我數學，明明算式裡根本沒有2，她卻說『用2代入這題的n』耶。沒頭沒腦的，我完全聽不懂，沒想到算出來的答案還是對的，更讓我覺得莫名其妙。」

「啊～～不必多說，我懂。她在學校也是這樣。」

「連、連隼人都這樣～～！」

春希在課業方面天賦異稟，可說有獨樹一格的洞察力。

因此她經常會省略很多步驟，導出答案。

尤其在數理科目更是明顯，所以春希的講解技術爛到慘不忍睹。

隼人不禁想起最近春希在放學後，會和未萌或伊佐美惠麻這些女同學開讀書會。

直接對春希提問，春希也沒辦法好好解釋，周遭的人反而會將問題簡化，好讓春希能講解得簡單易懂。所以就結果而言，學習還是有所進展，整體過程相當奇妙。

春希覺得有點沒面子，大家的反應卻不算差，不過年紀較小的姬子似乎不太滿意。

不顧春希嘟起嘴抗議，隼人輕笑了幾聲後，總算覺得自己「恢復正常」了。

他心想現在正是時候，便說出伊織和一輝的請求。

「欸，考完試之後妳有別的事嗎？有人想約大家一起去水上樂園玩。」

「水、水上樂園！是可以游泳的那種地方嗎？」

「我要去！我想玩滑水道！坐在泳圈或充氣艇滑下來的那個！」

兩人各自的反應都很明顯。

春希十分驚訝，說起話來含糊不清；姬子則是直接說出自己想玩的設施，感覺之前就查過資料了。

「啊～～呃，姬子，我也是受邀的一方，所以我說的『大家』是指學校那些同學。我是無所謂，只要說一聲他們應該也很歡迎妳去……但妳ＯＫ嗎？」

「唔，這……我考慮一下……」

「還有春希，如果妳不想去或有其他安排就不必勉強自己，我會幫妳推掉這件事。」

「我不是不想去，也沒有其他安排啦……」

「……春希？」

春希一直在偷看隼人的臉色，整張臉紅通通。

她不停捲弄長髮髮梢，有些遲疑的模樣，不管怎麼看都像個羞答答的少女。

『我是很想看惠麻穿泳裝啦，隼人，你不想看看二階堂穿泳裝嗎？』

伊織這句話忽然閃過隼人的腦海，他才發現忘了跟春希說伊佐美惠麻覺得只有自己一個女生去有點不好意思，以及還有其他女生同行的事。

說不定春希這樣就能接受了。

當隼人急著想把這些細節解釋清楚，再次面向春希時，就和下定決心抬起頭的春希四目相交。

「我、我不會游泳……！」

「春……咦？」

「呃，我是旱鴨子！」

「是、是嗎？」

隼人忽然想起一件事。

以前還住在月野瀨時，他們確實常去溪邊玩耍。

爬上錯落於溪流當中的岩石再跳下來，找找溪蟹，或是拿著漁網追逐紅點鮭和香魚，從來沒有游泳過。說起來，在那條溪裡也沒辦法游泳。

隼人用略感意外的表情回望春希後，春希的表情似乎在說：「不、不行嗎！」並微微低下頭將臉別向一旁，嘟起嘴脣。

看到她這種鬧彆扭的反應，隼人莫名想笑，自然而然將手伸向她的頭輕撫，像在哄小孩似的。

「妳想嘛，去水上樂園又不是只有游泳，可以躺在泳圈上隨著水漂流，跳台跟滑水道也很好玩啊。」

「因為你們都會游泳啊……再說，不會游泳很丟臉耶。」

「那我教妳吧？」

「哦，真敢說耶。我就讓你瞧瞧人體絕對無法浮上水面的事實。」

「說什麼傻話！」

看著隼人和春希打鬧的樣子，姬子瞇著眼，氣呼呼地發出低吼。

看來對極度怕生的姬子來說，跟哥哥的同學一起出門還是太困難了。

「嗚嗚～～你們兩個居然聊得這麼開心，討厭！」

「抱歉抱歉。」

「不過泳裝也是個問題，我沒有像樣的泳裝耶。」

「啊，我也沒有。」

「我只有月野瀨學校指定的泳褲。」

就連隼人也沒打算穿那件泳褲赴約。話雖如此，只要不會招來嫌棄的目光，他覺得穿什麼都無所謂。

大不了當天在園區買一件就行了，但這個方法對女孩們似乎行不通。

姬子和春希都一臉困擾地陷入沉思，還用手機查起資料。

隼人見狀，瞇起眼轉身準備回房時，春希拉住了他的襯衫下襬。

「欸，隼人，你喜歡……哪種泳裝？」

「喜……！」

冷不防被這麼一問，隼人差點忍不住大喊出聲，硬是將聲音和驚訝之情嚥了回去。他感覺自己的臉瞬間熱了起來。

「可愛的粉紅色，跟帶點成熟感的黑色，你覺得哪一種比較好？」

「啥！我、我哪知道啦！在、在月野瀨的時候也只有學校附設的泳池啊。」

「啊哈哈，這樣啊……那當天請拭目以待。」

「喔，好……」

這句話也隱含了她肯參加的意願，於是隼人用力搔搔頭答應了。

雖然很想看看春希的泳裝造型，不想讓其他人看見的心情依舊在胸口翻騰。

然而連這種焦躁的情緒，隼人都覺得相當舒適，真是不可思議。

春希還是拉著他的襯衫不放，感覺不太對勁。

她露出有些為難的表情來回看了看隼人和姬子的臉，似乎欲言又止。

「春希……？」

隼人疑惑地問，春希才用力閉起眼睛並點了頭，將嘴脣湊到隼人耳邊輕聲問道：

「那個，你可以帶我一起去探望伯母嗎……？」

「！這……」

隼人完全沒意料到她會說這種話。

他驚訝地瞪大雙眼盯著春希，想探出她心中的祕密。

不知道春希是如何解讀隼人的眼神，只見她的臉色越來越陰沉，接著低聲道了歉。

「……對不起，果然不方便讓外人探視吧。」

「！啊啊，呃，不是啦。只是太突然了，我有點驚訝，那個……探病本身是沒問題，她的病也不會傳染。」

「那我也可以去嗎？」

隼人連忙解釋其中的誤會，春希便立刻探出身子緊盯他的雙眼。

被那雙盈滿瑰麗色彩的眼眸直盯著看，隼人自然會怦然心動。

為了不讓春希發現內心的躁動，隼人別開視線，正好看見癱在桌上的姬子，不禁嘆了口氣。

「因為我想更了解隼人和小姬嘛。」

被她這麼一說，隼人的答案也只有一個了。

「……好啦。」

在那之後，他們隨便跟姬子編了個理由就離開公寓了。

從離家最近的車站搭兩站電車。

陽光依舊毒辣，他們往醫院走去，為了避暑還特意走在大馬路邊的行道樹下。

「嗯～～沒想到這麼近耶，但走過來又有點遠。啊，那是不是可以騎腳踏車過來？」

「說到這個，我下個月生日，想說乾脆去考輕型機車的駕照。但也只能買二手車啦，無論如何都要找份打工才行。」

「啊，對喔，我們已經高一了，可以打工和考輕型機車的駕——等一下，你下個月生日喔！」

「對啊，八月二十五日。」

「哎喲，這種事你早點說……啊……」

「抱歉……春希？」

走在一旁的春希忽然停下腳步。

隼人疑惑地回頭看去，發現她一臉為難地露出苦笑。

「嗯，我居然連這種事都不曉得。」

「……我好像也不知道妳的生日。」

「三月十四日，滿早的。」

「妳跟姬子一樣是早生啊，她是一月七日。」（註：指一月一日～四月一日出生的人，在日本學制中，會跟前一年四月二日後出生的人讀同一屆）

「這樣啊……小姬也是早生啊。」

春希緩慢地再度邁出步伐，氣氛變得凝重。

巨大的白色建築物從上俯視著隼人和春希。

偶爾會有車輛和公車經過沉默的兩人身旁，接連往醫院開去。

走到大門附近時，隼人忽然停下腳步，用力搔搔頭。

「啊～對了，雖然不知道妳的生日，但我知道妳明明不太會開瓶卻很愛彈珠汽水。」

「……隼人？」

「我還知道妳很好強，遊戲玩得太入迷還會全身動個不停。也知道妳看到昆蟲或小動物就會一股腦兒衝出去追。最近還發現妳走行人穿越道的時候只會踩白線。」

「咪呀、咪呀、咪呀！」

春希立刻滿臉通紅。

隼人皺起眉，神情嚴肅地繼續列舉他所知的春希那些有點幼稚的舉止，讓春希的臉頰越來越紅。

「還有妳以前在源爺爺的羊圈——」

「停～～！好、好好好，我知道了！這麼說來，我也曉得你以前要跳上溪裡的岩石卻不小心滑下來；得意忘形把口香糖泡泡吹太大，破掉之後黏到臉和瀏海；最近還會在學校用手機查超市的特賣活動！」

「等等，喂、春希！」

這次輪到隼人驚慌失措。

和鼓起臉頰的春希四目相對後，兩人都噗哧一笑。

「哈哈，什麼嘛。小時候比起對方生日，我們更在乎每天要玩什麼嘛。」

「呵呵，是啊。以後只要把不清楚的部分弄清楚就好。」

「對啊，以後我們也會一直在一起嘛。」

「…………」

「……春希？」

「隼人，你有時候真的很會趁人不備耶。」

「啊？」

春希忽然用有些不滿的嗓音這麼說，接著將臉別向一旁，小跑步穿過醫院大門。

見春希態度驟變，隼人疑惑地心想自己說了什麼奇怪的話，但春希轉過頭時，表情已經變得一如往常了。

「走啊。」

「喔。」

醫院大廳寬敞明亮又整潔，感覺很不真實，讓隼人鬱悶地皺起眉。

或許是因為假日有很多人來大醫院探病，氣色良好的人隨處可見。

「來這裡。」

「嗯、嗯。」

相較於熟門熟路地走向櫃檯的隼人，春希忙碌地張望四周，似乎覺得很稀奇。

隼人迅速辦完手續，拿到探病的識別證後就準備像平常那樣走向電梯，卻在中途停下腳步。他回頭看向春希，發現她的視線在自己和櫃檯之間來回移動。

「啊，抱歉。在那個探視名單上寫下名字，拿探病用的識別證——」

「隼人，你『果然』都是自己一個人來呢。」

「！這……」

「我先去辦手續。」

「……好。」

被春希點出事實後，隼人用力搔搔頭。

這件事涉及姬子的態度問題，隼人也不知該從何說起。

過了一會，春希拿著識別證回來後便盯著隼人的臉看了看，隨後露出溫柔的笑靨。

「如果說出來能讓你好過一些，就儘管告訴我，不要客氣。我至少可以和你一起分擔煩惱嘛，好不好？」

「……到時候再拜託妳。」

「一言為定喔。」

說完，春希對他豎起小指。

她嘴上說得輕鬆，卻用截然不同的嚴肅眼神與隼人正面對視。

隼人似乎被她的氣勢所震懾，也用小指勾了回去。聽見春希呵呵笑之後，隼人又因為心跳加速而別開目光。

此刻他心亂如麻。

姬子不願前來探視的事實，還有不滿足於與春希僅以小指相繫，這些情緒在內心縈繞。

在原地呆站了一會，他才發現已經擋到周遭行人了。

「…………走吧。」

「嗯……啊～～我開始緊張了。」

隼人好不容易擠出聲音催促。當他為了不讓春希發現自己如變臉般的表情，準備轉過身時……

「妳怎麼會在這裡！」

「咦……好痛！」

「春希？」

一道從未聽過的嗓音中斷了隼人的思緒。

他疑惑地回頭看去，發現有個陌生男子怒氣沖沖地抓著春希的手臂。

他是誰？這是怎麼回事？

在思考這些疑點之前，隼人的身體就先有了動作。

「喂，你想對春希做什麼！」

「隼人！」

「！」

「啪！」的一聲清脆聲響傳遍了四周。

男子非常用力地抓著春希的手，因此隼人將男子的手拍開，再用宛如要抹去痕跡的動作抓起春希剛才被揪住的地方，將她抱在自己身邊掩護。充滿威嚇的低吼嗓音相當低沉，讓春希大吃一驚。

隼人重新看了對方。

根本沒見過這個男人。

五官端正，給人爽朗的印象，身材也很修長，是個引人注目的美男子。但年紀應該是三十起跳，少說也大他們一輪，說不定還有兩輪的差距。

無論如何，他的外表完全不是跟他們年齡相仿的年輕人，無從得知他和春希有何關聯。

隼人盯著對方仔細觀察，一旁的春希也眉頭緊蹙，不解地微微歪頭。

「不，那個，我……」

被隼人疑惑又凶狠的眼神一瞪，男子才終於被自己的行為嚇了一跳。

看他驚慌失措的模樣，可見剛才也是一時衝動吧。

「春希，妳認識他嗎？」

「不，完全不認識。」

見春希搖頭否認，男子先是瞪大雙眼，隨後才帶著歉疚又嚴肅的表情低頭致歉。

「對不起，我認錯人了。那個，因為感覺很像……抱歉，剛剛忽然抓住妳的手，還請見諒。」

「嗯、嗯，沒關係……把、把頭抬起來吧！」

男子抬起頭後，小心翼翼地用觀察的眼神看了春希一眼，猶豫著該說什麼才好。

「是嗎……謝謝妳。」

隨後，他若無其事地加快腳步離開現場。

（……搞什麼啊？）

隼人一臉不解地看著他的背影離去。

他自己也不知道為什麼，就是看那個男人不順眼。

他下意識用力抓緊握著春希的手。

「……隼人？」

「！對不起。」

當春希憂心忡忡地抬頭看過來，隼人才發現自己抱著春希彼此緊貼。

他馬上就強烈意識到春希的存在。

剛好可以收進臂彎裡的體型差異；觸碰之際感受到的柔軟肌膚；竄入鼻腔的淡淡甜香是從頭髮散發出來的嗎——被迫意識到與自己截然不同的差異後，隼人覺得快要腦充血了，所以急忙退開。

「啊……唔，沒事就好。」

分開時似乎聽見春希發出了有些遺憾的嘆息，是他的錯覺嗎？

隼人用力搔搔思緒雜亂的腦袋，開口催促：

「……走吧，在六樓。」

「嗯。」

這次他才終於轉過身邁開步伐。

兩人搭電梯來到六樓。

雖然不是第一次來探病，這次和春希一起來，隼人還是忍不住微微挺直了背。

春希似乎也同樣緊張，只見她駝著背到處張望。

在寫著617的病房前站定後，隼人敲敲門。

「嗯～～請進，是隼人吧？」

「……媽。」

隼人在開口回應的同時拉開房門，就立刻因為映入眼簾的景象伸手扶額。

他看到刺滿繡花的布料和作工精細的蕾絲散落各處，還有在病床桌上描繪紙樣的母親——真由美。

一段時間沒見，整間病房竟然變了個樣，彷彿服裝設計師的房間。

「……妳在幹嘛啊？」

「哎呀，我想說試試刺繡順便復健，沒想到這麼入迷……反正機會難得，我也挑戰了蕾絲編織，還考慮要不要乾脆做件衣服。」

「真是的……」

隼人有點傻眼，還是將散亂各處的東西收拾整齊。

他看了看手上的刺繡和蕾絲，每件作品都非常可愛，賣相極佳，幾乎可以媲美市面上販售的商品。

這也證明母親的手已經可以隨心所欲地動作，讓他稍微鬆了口氣。

「哎呀，真不好意思。早知道你要來，就叫你把家裡的裁縫工具包帶過來了。」

「我下次再拿來。對了，妳想做哪種衣服啊？」

「住院比想像中閒，機會難得，就來挑戰一件作工精細的洋裝，應該會很有趣吧？」

「做了洋裝又能怎樣，妳要在什麼場合給誰穿啊……」

「這倒是……那乾脆來做角色扮演服好了……文化祭之類的場合應該有機會用到吧？嗯，就這麼辦！」

「唉……」

隼人在心中為姬子默哀了一陣，這才發現身旁靜悄悄的。

「……咦？」

「怎麼了？」

隼人環視四周，卻沒看見和他一起來的春希，但能感受到有人在房門另一頭躊躇不定的氣息。有個人影在毛玻璃外晃呀晃的。

（……明明是她說要來探病的耶。）

他傻眼地拉開房門，就看見春希在門外用指尖捲著黑色長髮。

隼人瞇起眼搔搔頭往下看著她，她就帶著遲疑又害羞的表情抬起頭。這個舉動頓時讓隼人怦然心動。

「……啊。」

「真是的，進去啦。」

隼人不想被春希發現這股悸動，有些粗魯地抓住她的手，硬是把她拉進病房。

「媽，其實今天我想讓妳見一個人，就是她。」

「我、我還沒做好心理準備……那個，呃，好久不──」

「哎呀……哎呀哎呀哎呀哎呀！」

看到被隼人從背後往前推的春希後，真由美的雙眼立刻閃閃發亮。

她似乎一秒也坐不住，馬上下床抓住春希的手。

「那個，阿姨比我想像中還要有精神，該說是萬幸嗎？呃……」

「哎呀哎呀哎呀，居然帶了這麼可愛的女孩子……隼人，真有你的！我是隼人的媽媽！真是的，這孩子雖然不修邊幅……但本性並不壞喔。雖然有點愛管閒事啦。」

「可、可愛！……隼、隼人還是像以前一樣愛照顧人，反而讓我很安心呢。」

「天呀！已經親密到互叫名字了啊！唔呵呵呵，難道你們是那種關係？是嗎！」

「等等，媽，冷靜點，妳誤會了。」

好像在雞同鴨講。

因為緊張而語無倫次的春希碰上情緒高漲的真由美，不禁頭昏眼花，完全被她的氣勢壓制住了。

（對喔，她和姬子第一次見面的時候也是這樣……？）

看著這段有點眼熟的互動模式，隼人扶著額頭開口打岔。

「媽，她是春希啦，春希。小時候常跟我玩在一起的那個春希。」

「……………咦？你說春希，是那個春希嗎……？」

「那個，呃，阿姨，再次跟妳說聲好久不見。我是二階堂春希……！」

真由美的臉上漸漸浮現理解之色，同時僵住了。

她用僵硬得幾乎要發出「嘰嘰嘰」聲響的動作看向隼人，再定睛觀察春希後，一雙眼睛越睜越大，情緒徹底爆發。

「什麼～～～～～～～～～！！？？！？」

她發出了可以用慘叫來形容的驚呼聲。

連隼人和春希也被她震驚的反應嚇了一跳。

春希向隼人拋出求救的視線，隼人卻只能聳肩搖頭。

真由美用更強的力道抓住春希的手，肩膀不停顫抖。

「春、春春春春春春希明明是男孩子，卻變得這麼可愛嗎～～！」

「咪呀！」

「媽、媽！」

「霧、霧島阿姨，發生什麼事了！」

真由美好像產生了天大的誤會。

這時有一名嬌小少女衝到驚訝的三人面前。

「未萌，妳聽我說！我原本以為隼人帶了超級可愛的女孩子過來，但她其實是男孩子，怎麼辦？身為媽媽，我是不是該支持他們啊！」

「咦？春希！妳其實是男孩子嗎！」

「不、不是啦！我不是男孩子……呃，未萌！咦？不會吧！」

大概是被真由美打理過了，闖進病房的未萌那頭捲翹的頭髮已經做好美麗的造型，跟在學校時截然不同。

春希因為從未見過的未萌的髮型，驚訝得不知所措。

「霧島太太，到底怎麼……啊，臭小子！」

「唔！太危險了吧，居然丟寶特瓶！」

「爺爺！」

「未萌，別攔我！那傢伙玩弄了妳居然還不夠，又把魔爪伸向其他姑娘！」

結果連未萌的爺爺也衝上前朝隼人丟寶特瓶，病房內的騷動變得更加混亂，直到護理長走進來大吼一聲「安靜點！」才得以平息。

十幾分鐘後，有些尷尬的五人在６１７號病房裡面面相覷。

這時恢復冷靜的真由美輕咳一聲，再次面向春希說道：

「對不起喔，因為被從前的記憶影響，我完全把妳當成男孩子了。」

「啊、啊哈哈，其實小姬好像也以為我是男生……」

「這也難怪，沒想到總是滿身泥濘和擦傷的那個孩子，居然出落得亭亭玉立……隼人，你應該也嚇了一大跳吧。」

「……無可奉告。」

隼人心臟猛跳了一下，用含糊的回答隨便帶過以免被人發現。

他瞄了春希一眼。聽著真由美不斷講述「妳以前會一臉得意地把亮晶晶的橡實拿給我看」、「踩到自己做的草編陷阱跌倒了，妳還拚命忍著不哭」這些超級黑歷史，春希面紅耳赤地低下頭。

「……啊。」

隼人見狀，鬆了口氣，同時察覺到有人時不時地偷瞄自己。

兩人對上視線後，未萌立刻面帶歉疚地開口道歉。

「那個，我替爺爺向你道歉。」

「啊～～沒事，三岳同學，妳別放在心上。」

「哼，還不是一樣有美女作陪！未萌，妳要小心點！」

「爺爺！」

未萌的爺爺還是一樣有些固執，現在也發出低吼聲牽制隼人。

隼人他們也知道他是為了孫女著想，所以只能苦笑以對。

在一旁觀望的春希看準時機，有些緊張膽怯地來到未萌爺爺面前。

她清了清喉嚨。那一瞬間，她身上的氣氛就不一樣了。

「幸會，我是二階堂春希。未萌跟我是很好的朋友，在園藝方面更是對我指導有加。往後也請您多多指教。」

她露出楚楚動人的文雅笑容低頭鞠躬，以流暢優雅的舉止說出無可挑剔的問候，儼然是清純可愛的和風美少女。

未萌爺爺眨眨眼睛，意識到春希是在和自己打招呼後，臉上立刻泛起些許紅暈，並搔搔臉頰將臉轉開。

「喔、喔，那個，以後也麻煩妳多多照顧我孫女。我先告辭了！」

隨後他徐徐起身，很快地說完最後一句話就離開病房。

「……看來春希真的是女孩子呢。」

「噗！」

「阿、阿姨！連、連隼人都在笑！」

「啊、啊哈哈……」

目送未萌的爺爺離去後，真由美十分欣慰地這麼說，隼人聽了便忍不住噴笑出聲。

春希提出抗議並看向未萌想尋求認同，卻只換來一抹苦笑。她不滿地嘟起嘴脣，下一秒又仔細觀察未萌，並發出讚嘆。

「但我真是嚇了一跳，沒想到未萌會變得這麼可愛。」

「啊，這是……」

「對吧？但春希和未萌是朋友這件事也讓我大吃一驚。世界真的很小呢。」

「春希也跟霧島同學一樣，在園藝方面幫了我不少忙。」

「媽，我也沒料到妳在那之後還會對三岳同學的頭髮下手。」

「喔呵呵呵。也對，看你們三個感情這麼好固然欣慰，只是，嗯～～……」

「咦？呃～～……？」

「媽？」

「阿姨？」

真由美皺起眉頭，用疑惑的嗓音低吟。

看到真由美的反應，未萌以為自己做了什麼失禮的舉動，有些徬徨無措。但真由美馬上揮揮手說了句「不是啦」，並將視線移向隼人。

「我是覺得『霧島』這個稱呼很怪。」

「咦？」

「我是霧島，隼人也是霧島……不覺得很麻煩嗎？啊，還有妳和爺爺也都是三岳呢。」

「等等，媽！」

說完，真由美就用食指指向隼人，彷彿在罵他「壞孩子閉嘴」。

隼人沒搞懂媽媽的意思，一時傻在原地，逐漸理解話中含意後，臉也越來越紅。要直呼同齡女孩子的名字……對正值青春期的少年隼人來說，難度實在太高了。

（春希是另當別論啦……）

他這麼心想並將視線往前移，只見未萌一臉為難，口中還唸唸有詞。接著未萌握拳，彷彿下定了決心。

「隼、隼人！」

「啊，是，未……萌……」

隼人見未萌一臉嚴肅地將身子往前傾，喊出他的名字，他也就跟著喊了未萌的名字，但還是有些害羞地別開目光。

況且末萌今天的髮型像前陣子那樣精心打理過，相當可愛。被她這樣忽然湊上前，隼人當然會怦然心動。

然而在場有人不太滿意。

「哦～～～～～」

「幹、幹嘛啦，春希。」

「沒有啊，只是覺得你一副色瞇瞇的樣子。畢竟末萌今天那麼可愛～～」

「啥！我哪有色瞇瞇啊！呃，但她今天確實很可愛啦。」

「反正我一點都不可愛～～末萌渾身散發著嬌小可愛的女孩氣息，哪像我還會被誤認成男生……而且她胸部也很大。」

「胸……呃，我哪有提到這件事！」

「哼～～」

「妳很幼稚耶！」

隼人對賭氣的春希發脾氣。

簡直就像小孩之間的拌嘴。

然而看著他們令人莞爾的互動，未萌和真由美都開始竊笑。見狀，隼人和春希尷尬地面面相覷並別開視線，結果她們兩人的眼神變得更加溫馨了。

隼人覺得害臊又坐立難安，便立刻站起身。

「既然已經見到面了，今天就先回去吧，春希……未萌也是。」

說完，隼人逃也似的走出病房。看著他的背影離去後，三人互看一眼並輕笑出聲。

「等一下啦，隼人～啊，隼人媽媽，我下次再過來。未萌要一起走嗎？」

「啊，好！我們先走了。」

「好好好，再見。」

西方的天空已經染上淡淡的殷紅色。

離開醫院往車站走去的隼人臉上也紅通通的。

「那個，我媽給妳添了很多麻煩，呃……未萌。」

「沒事，我不在意。」

「是、是嗎？」

未萌的心情好得不得了。

她的頭髮被梳成公主頭，後腦杓的捲翹頭髮也雀躍地晃呀晃。

隼人多少有些疑惑，害臊的心情卻更勝一籌，於是他搖搖頭。

春希一直盯著他們，忽然有些不解地提問：

「未萌，這個髮型真的很可愛耶，平常怎麼不綁呢？」

「唔咦！」

未萌雙肩一震並停下腳步，困窘地皺起眉頭，臉也紅了起來。

「這個髮型比平常好看太多了。隼人，你也這麼認為吧？」

「嗯，這倒是。」

「啊唔唔……」

被春希單純疑惑的眼眸一看，未萌不禁倒退幾步，隨後才宛如放棄抵抗般勉強擠出聲音說道：

「呃，這是霧……隼人的媽媽幫我綁的，我自己有點……」

「……啊～～原來如此。畢竟阿姨跟隼人一樣熱心過頭了。」

「喂。」

春希輕輕敲了一下手掌，彷彿了然於心。

「那要不要跟我一起練習？其實我也對打理髮型很不拿手。妳看，我甚至還被隼人媽媽誤認成男生。」

「唔咦！呃，那個，可以嗎？」

「嗯，我們是朋友嘛。」

「啊……呵呵，說得也是。」

春希和未萌相視而笑。

雖然有些時候仍顯生疏，還是能看出兩人的好交情。最近也常看到她們在花圃前聊天。

（要好的女生朋友啊……）

本該是令人會心一笑的場面，隼人的胸口卻莫名刺痛。

為了掩飾這種心情，他再次搔搔頭，回過神才發現車站就在眼前。

「我要從這裡坐公車回去。春希，隼……人，明天學校見嘍。」

「……等一下。」

聽到未萌再次略帶遲疑地喊出自己的名字，隼人有些顧慮地說：

「那個，在學校裡可以維持『三岳同學』這個稱呼嗎？我也不會直呼春希的名字，呃，是擔心會引起不必要的誤會……」

「啊……對、對喔……可是……」

未萌彷彿此刻才發現這一點般眨眨眼睛，並將手放在下巴。

春希一臉為難地來回看著未萌和隼人的臉。

不久，未萌有些害羞地開口說：

「我喜歡你們直接喊我的名字。那個，除了『家人』，也只有春希會這樣叫我。」

「是嗎？我知道了。那就還是叫妳未萌吧。」

「好！」

未萌表現得有些靦腆，隼人則害臊地搔搔頭。

然而春希在兩人毫無察覺之際微微皺起眉，陷入沉思。

「那我先——」

「等一下！」

「——唔咦！」

「春希？」

未萌正準備走向公車站時，春希就抓住她的手，硬是將她拉過來。

「我說未萌，我今天可以去住妳家嗎？」

「……春希？」

春希的眼神非常認真，還帶有不容分說的魄力。

隼人的注意力都放在她的眼神上，只能在一旁觀望後續的發展。

中場休息

# 貼近染上色彩的心，動搖不已

月野瀨西方的天空逐漸染上茜紅色。

東方的天空已經有幾顆急不可待的星子開始閃閃發光。

從山上吹拂而下的風，吹動了沙紀左右兩邊的淡淡亞麻色髮辮。

「嗯～～好舒服啊。」

沙紀瞇起雙眼，感受比白天和緩許多的日照與涼風送爽的滋味，漫步於田埂路上。

她穿著巫女裝。

模樣十分顯眼，在月野瀨卻是見怪不怪。

沙紀身為包辦村裡祭典與集會事務的神社的獨生女，經常可以看見她穿著巫女裝四處跑腿幫忙的樣子，應該算得上是月野瀨的著名景象了。

從田裡回來的村民和沙紀擦身而過時，也會舉起手向她搭話。

「哦，沙紀，妳要去哪裡呀？感覺心情很好耶……是不是搬去城市的霧島小弟跟妳說了什麼？」

「唔咦！哪、哪有啊～～！我、我是要去源爺爺那裡啦。」

「哈哈，是嗎？小心點啊。」

「好、好的～～！」

沙紀頓時滿臉通紅，便加快腳步試圖掩飾情緒。再次吹來的風讓她的白衣窄袖和紅色袴裙擺動起來。

（嗚嗚，我的表情有這麼明顯嗎？）

她這麼心想，將手按上放了手機的袖口。

順帶一提，大家對沙紀的心意理解到什麼程度，從剛才的反應便可想而知。

沙紀回想起剛才在群組裡的聊天內容。

『村尾，妳可以幫我拍張源爺爺和小羊的照片嗎？有時間再拍就好。』

『咦？可以呀。怎麼了嗎？』

『我們有個朋友，隼人一直堅持說她很像源爺爺的羊咩咩。』

『哎喲，那頭晃來晃去的捲髮真的一模一樣嘛。』

『所以想請沙紀拍張照片確認一下。』

『呵呵，我知道了，沒問題。』

既然是隼人的委託，沙紀自然義不容辭。

隼人第一次對沙紀提出這種簡單的要求，讓她十分雀躍，忍不住放下竹掃把立刻前往。

雖然不知道是怎麼回事。

既然是跟月野瀨源爺爺的羊有關，沙紀就能加入話題了。

話題到底會如何發展呢？

她想起最近和自己搭話的春希，不禁心生期待。

沙紀踏著輕快的腳步抵達目的地。

「源爺爺～～源爺爺在嗎～～？……嗯～～沒人在家嗎？」

喊了幾聲卻沒有回應。

沙紀一臉為難地打開玄關柵欄走進去，繞到後面看看。雖然這種行為不值得鼓勵，但在月野瀨這種鄉下地方，不會因為擅闖民宅遭受譴責。

「嗯～～好像不在家耶。」

「咩～～」

「哎呀？」

「咩咩〜〜」

源家是月野瀨常見的農舍建築。

與別人不一樣的地方就是蓋在主房旁邊的羊圈了吧。

被放養在用地內的羊群一看到沙紀，就發出可愛的咩咩聲用頭磨蹭沙紀，彷彿要討摸似的。這些羊很親人，經常像這樣撒嬌。

「算了，反正我是來找你們的。可以讓我拍張照片嗎？」

「咩咩！」「咩〜〜」「嗯咩〜〜」

「呵呵，只要乖乖讓我拍照，我就會摸摸你們當作獎勵喔〜〜啊啊，真是的，不能咬袴裙啦〜〜」

沙紀依序將羊群摸過一輪後，就用手機將開心地咩咩叫的羊拍下來，傳到聊天群組。

月野瀨為數不多的燈火漸漸暗了下來，上弦月也爬上西方的山巒。

練完神樂舞後，沙紀淋浴沖去一身汗水，同時開口埋怨。

「討厭，奶奶真是的〜〜！」

沙紀今天練習時也充滿了熱情。

由於最近和隼人聊天的機會增加，跟以前相比，距離似乎拉近了許多。也難怪沙紀會心生期盼，希望他今年回來看自己跳舞。

但被指導舞步的奶奶笑盈盈地問：「妳的舞蹈變得很有韻味呢，是不是心裡有人啦？」沙紀當然會鬧彆扭。

「來看看他們有沒有回覆～」

將這股鬱悶的心情在淋浴時一併洗刷殆盡後，沙紀頂著濕漉漉的長髮回到自己房間。放在枕邊的手機已經跳出好幾則通知，沙紀立刻拿起手機確認，發現大家聊得正起勁。

『小春，妳要乖喔，不可以拿枕頭丟人家喔。』

『春希，記得上完廁所再睡覺喔。』

『喂，小姬、隼人，你們把我當成什麼啦！怎麼連未萌也在旁邊笑我啊！』

雖然不清楚來龍去脈，他們似乎在捉弄春希。

看了令人會心一笑的可愛對話，沙紀也露出笑容。

『晚安，大家好像聊得很開心呢。』

『啊，沙紀！妳聽我說，隼人跟小姬真的很過分耶！』

『小春第一次在朋友家過夜嘛。』

『比第一次叫小孩跑腿還要緊張耶。希望她不要給人家添麻煩……』

『春希姊姊，妳明天還要上學，不能熬夜喔。』

『真、真是的～～連沙紀也這樣～～！』

沙紀坐在床邊，被這段對話逗得咯咯笑。

她馬上就能想像春希在手機畫面另一頭面紅耳赤的模樣，以及姬子和隼人笑嘻嘻地逗弄她的樣子，感覺有趣極了。

在這之前，沙紀根本無法想像自己能和隼人這樣輕鬆地聊天。

現在的狀況讓沙紀的心變得飄飄然。

這都是春希的功勞。

『對了，羊的照片呢？』

『啊，村尾好像馬上就傳了，謝謝妳啊。』

『不，別這麼說。』

光是看到隼人這句「謝謝」，沙紀就心花朵朵開，單純指數完全不亞於姬子。

然而出現在群組裡的下一張照片，讓沙紀的表情僵住了。

『哥也很過分耶，這麼可愛的女孩子，居然說她像源爺爺的羊。』

照片裡的女孩很可愛。

這張是和春希的合照，可能是在無預警的狀況下被拍的，照片裡的她顯得有些驚惶，卻也凸顯出她那宛如小動物的討喜感。

而且她那頭捲翹的頭髮經過精心打理，感覺十分高雅。真要說的話，她那張比同齡女孩稚嫩許多的臉蛋還散發出難以言喻的性感氣息。沙紀看了也不禁吞了口水。

（漂亮又可愛——她是誰啊！是、是哥哥的朋友嗎！）

沙紀不知所措，但覺得應該先釐清狀況，便不禁在床上端正坐姿繼續觀望。

『哎呀，她平常沒綁頭髮的時候真的很像啊。』

『但我也能理解隼人想說什麼啦，畢竟我一開始也覺得很像。你們看。』

這次春希傳的照片是那個女孩將頭髮放下後，髮尾到處亂翹的樣子，令人印象深刻。

這張應該也是被春希偷拍的，只見她滿臉羞澀地用手按著頭。

沙紀很驚訝。跟剛才那張照片相比，沒想到只是髮型稍作改變，印象就會差這麼多。

沙紀心中五味雜陳，有些心神不寧。

她下意識伸手撈起自己的頭髮。

這頭顏色稍淺的亞麻色頭髮，在月野瀨格外顯眼。

雖然沒有因此被欺負過，但沙紀不想和別人不一樣，也不想引人注目，所以平常總是綁成雙辮這種俗氣的髮型。她不禁皺起眉頭。

『春希，該不會未萌不想入鏡，妳還硬要拍她吧？』

『我、我哪有！……好像是耶。剛剛拍完以後，她就默默去洗澡了。』

『嗯～小春，妳在這方面的粗心程度跟哥不相上下呢。』

『連、連小姬也這樣！』

『春希，妳應該跟村尾好好學習。她不像妳只做表面工夫，不但給人漂亮又穩重的印象，表現也是可愛又端莊。她也不像遊手好閒的姬子，會認真幫忙神社的事務，還深受村民疼愛，真是個優秀乖巧的好女孩。』

「唔咦！咳！咳咳咳！」

現實中的沙紀不禁嗆到了。

漂亮又可愛——隼人對沙紀的這番讚美讓她難掩內心動搖，但隼人還繼續說個不停。

『隼人～你說我只做表面工夫是什麼意思啊！』

『哥，我哪有那麼遊手好閒啊，還好吧！』

『就是那個意思。跟村尾看齊吧，春希可以變得更淑女一點，姬子可以改改懶散的生活習慣。』

『只、只要下點工夫，我也可以做出完美偽裝啊！』

『沙、沙紀的房間一定也亂七八糟，平常都把東西放在躺在床上隨手可拿的地方吧！』

『啊、啊哈哈……』

被隼人不斷誇獎後，沙紀除了臉頰，連耳尖都熱了起來。

（啊、啊唔……）

沙紀的內心已經搶先一步進入祭典模式。這也不能怪她。

現在手上的手機畫面不斷跳出『偏心！』『我哪有這麼誇張！』等春希和姬子的抗議，隼人就回了：『妳們跟村尾多學著點！』讓沙紀的腦袋異常滾燙，感覺卻好得不得了。

她的心情莫名變得飄飄然，將臉埋進枕頭，兩腳興奮地在床上擺動，想要一輩子沉浸在這股幸福當中。

『對了，哥，你從剛才就一直猛誇沙紀，該不會是要追人家吧？』

然而姬子丟下這顆震撼彈後，沙紀周遭的時間頓時停擺。

這番出乎意料的發言讓沙紀腦中一片空白，無法立刻理解其中的意思。

（哥、哥哥，要追我嗎……？）

心跳驟然加速到不可理喻的地步。

『不是啦，說這種話會讓村尾很傷腦筋耶，真是的。』

『啊，說得也是。』

「！」

看到畫面上立刻跳出隼人和姬子的回覆，沙紀的指尖自然而然動了起來。

『我不覺得傷腦筋啊。在神社氏子的聚會中，大家也經常開玩笑說：「要不要把霧島小弟招來當女婿？他跟妳年紀相近又很吃苦耐勞。」事到如今我已經習慣了。而且我、我也沒有哥哥說得那麼自律啦。放假時我也會一整天穿著家居服，窩在家裡看漫畫或動畫。之所以穿著巫女服在村裡到處跑，是因為懶得思考穿搭。而且我又容易緊張，那個，到現在都沒能好好回應哥哥的問候……』

沙紀輸入文字的速度堪稱史上最快，一方面也是為了掩飾害羞的情緒。

但輸入的內容亂七八糟，甚至不知道自己是想否認「聽到那些話會傷腦筋」這件事，還是想謙虛地表示自己沒有那麼優秀。

沙紀知道自己的心跳得很快，情緒也很激動。

這時，她重新看了自己剛才輸入的文字。

幾位少女的臉龐頓時掠過腦海。

容貌楚楚可憐的春希；站在她身旁毫不遜色，追求時尚又討人喜歡的姬子；以及剛才照片中那位性感與可愛兼具的少女。

（嗚嗚，除了春希姊姊以外，城市裡是不是還有很多女孩像那張照片上的女生那麼可愛啊……？）

沙紀的心不禁透露出一絲軟弱。

『嗯～～但我覺得村尾確實是自律的好女孩啊。』

「……！」

但在下個瞬間，沙紀的心境頓時改變。

（我、我不能辜負哥哥的期待！）

看到隼人這句話，沙紀心中充滿了喜悅、衝勁和決心。

『啊～～哥，你又在討好沙紀了～～』

『就說沒有了！』

『呵呵，被哥哥這樣稱讚，我很開心。以後我會繼續努力，才能得到哥哥的讚美。』

沙紀在胸前握緊拳頭，彷彿在說「好，以後也要好好加油」。隨後不忘對被姬子調侃的隼人吐槽一番。

對沙紀而言，隼人的話語就宛如魔法一樣。

◇◇◇

春希坐在床邊拿著手機，表情有些茫然。

心中掀起了某種難以言喻的焦躁感。

從剛才姬子的那句話引發的那一連串對話，深深烙印在她的眼底。

「沙紀她……」

那則篇幅極長，卻回得異常迅速的回覆。

字裡行間能感受到藏在不知所措當中的喜悅。

「春希，我洗好了。」

「唔！啊，未萌。」

聽到未萌的呼喚，春希才中斷思緒回過神來，並想起自己硬是要來未萌家過夜的事。

未萌家裡處處是木質暖調，像她一樣充滿了沉靜的日式風格。室內擺設相當簡樸，東西不多，卻放滿了園藝相關的書籍，這點很有她的風格。雖然有一張床，今天是在地上鋪了兩床棉被。

未萌的心情好得不得了。

剛洗完澡的她感覺暖呼呼的，穿著睡衣，濕漉漉的捲翹髮尾晃呀晃，在春希身邊坐了下來。

未萌似乎也是第一次讓別人在家裡過夜。

在那之後主動要求去未萌家借宿一晚的春希，帶著和未萌很親的牧羊犬「廉人」一起散步，接著又去採買食材做了晚餐，在房裡鋪著棉被聊天，跟未萌度過了平凡的日常。

未萌似乎開心得不得了，臉上也寫滿了喜悅。

「傍晚帶『廉人』散步的時候，妳的頭髮又……春希？」

「啊，嗯，我該洗澡了！被牠又咬又舔，頭髮都黏答答的嘛！」

「……」

「啊、啊哈哈……」

春希剛才應該露出了跟平常不同的內斂表情吧。

雖然她露出笑容想蒙混過去，未萌還是憂心忡忡地盯著她。

一陣沉默籠罩現場。

春希也不知該如何描述這種心情。

但看到未萌擔心自己的表情，春希臉上忍不住透出些許軟弱和依賴。於是她緊握手機結結巴巴地開口，順便整理自己的心情。

「那個，我之前說的那個女孩子沙紀，我跟她說上話了，可是……」

「是隼人妹妹的朋友對吧？妳們吵架了嗎？」

「不，沒那回事。她是個好女孩，真的很好，那個，我……」

「……」

「啊～我自己也不知道該怎麼說才好。啊哈哈……」

「春希……」

春希試著將心裡話表達出來，卻沒辦法好好整理情緒。

未萌只是跟她一起皺著眉，並往她靠近了一些。

這讓春希的心比較踏實了。

春希瞥了未萌一眼，同時想起了沙紀。

初次看到照片時的第一印象，是個笑容魅力十足的美少女。

非常耀眼。

反思自己又是如何呢？

在學校和外人面前，只會露出在鏡子前拚命練習過的虛假又廉價的笑容（面具）。

真實，和虛偽。

兩相比較後，這兩個詞便緊緊纏在心上，讓她焦急難耐。

春希實在摸不透女孩心中的細微之處。

說起來，她連自己的心情都搞不清楚，甚至還沒辦法篤定。

在某種層面上，對刻意避免社交關係的春希來說，或許是理所當然的問題。

可是沙紀的笑容和心情是向著誰，她並沒有遲鈍得看不出來。

其實她想好好呵護這剛剛萌生的青澀戀情，但或許又不能這麼說。於是她緊緊抓住上衣胸口。

「春希，來做不該做的事吧！」

「唔咦？不、不該做的事？」

「對，不該做的事！」

「呃，那個，未萌……？」

一直盯著春希的未萌忽然站起身，並拉住春希的手。

春希完全不懂「來做不該做的事」是什麼意思。

未萌帶著親切的笑容，拉著她的手走向廚房。

接著，她用鍋子將水煮滾，並拿出袋裝泡麵。

春希瞄了牆上的時鐘一眼，已經超過十點半了。

明明早就吃過晚飯，但將湯料包放進熱水後，立刻飄出令人食指大動的香氣，讓春希的肚子咕嚕叫了起來。

「嘻嘻，這麼晚了還吃泡麵，就是不該做的事呢。」

「唔，這種時候聞到這個味道，實在太卑鄙了，根本就是深夜放毒。」

「呵呵，全部吃完實在有點多，我們一人一半吧。」

「啊哈哈，說得也是。」

兩分半後，連鍋一起端上餐桌的泡麵在隔熱墊上散發蒸騰熱氣。

未萌又丟了一塊奶油進去。

奶油立刻被泡麵的餘溫融化，更提升了鹽味雞骨高湯的香氣，強烈刺激著食慾。不僅如此，她又往鍋裡打了一顆雞蛋，蛋白受熱後緩緩凝固變白，綻放出美麗的模樣。蛋黃則軟呼呼地彰顯存在感，彷彿在引誘她們趕快戳破。

春希真想立刻戳破蛋黃大吃一頓，卻緊握筷子強忍住這股衝動。畢竟除了她以外，未萌也在旁邊。

未萌見狀，帶著滿面微笑合起雙掌。

「我要開動了。」

「我、我要開動了！」

「我最喜歡趁熱戳破蛋黃了。」

「啊，我也是！我喜歡讓稠稠的蛋黃裹在麵上！」

餐桌正中央就擺著一個泡麵湯鍋，沒有額外的碗。

兩人不約而同戳破蛋黃裹在麵上，直接就著湯鍋吸起麵來。

這種行為實在稱不上端莊得體。

然而加上在這種時間吃泡麵的悖德感，反而讓麵變得更美味了。兩人探出身子，默默動筷吃個不停。

「好好吃喔。」

「嗯，畢竟是在這個時間吃嘛。」

「跟別人一起吃飯，果然會覺得更好吃呢。」

「………啊。」

春希終於發現未萌為什麼會如此雀躍了。

長久以來總是獨自用餐的春希也懂這種感覺，而這也是今天在衝動之下抓住未萌的手的理由。

和親近的人一起吃飯，就會變得格外溫暖美味，讓人心情愉悅。

沒錯，這是隼人教會她的道理。

所以春希也用笑容回應未萌，並加上自己的期望。

「那下次換妳來我家住啊。不然在考試期間辦個讀書集訓吧？我家離學校比較近。」

「咦……可以嗎？」

「當然啊——我們是『朋友』嘛。」

「啊……呵呵，說得也是。那下次就換我去妳家打擾嘍。」

「啊哈，千萬別客氣。『一言為定』喔。」

「好！」

說完，兩人相視而笑。

這就是再平常不過的朋友互動。

（朋友——……）

她忽然想起沙紀。

那個住在月野瀨的姬子的摯友。

也是最近和自己越走越近，算得上是朋友的少女。

她現在是不是一個人待在那座山村呢？

一個人的感覺實在孤獨又寂寞，春希再明白不過了。

她是懷抱著怎樣的心意露出那種笑容呢？

隼人的面容忽然浮現腦海，讓春希喉嚨深處湧現一絲苦澀。

對春希來說，「朋友」的地位相當特別，更甚於「家人」。

所以她想替朋友的戀情加油打氣。

儘管如此，朋友這兩個字卻像詛咒一樣侵蝕著她的心，讓她隱隱作痛。為了掩飾這些雜亂的思緒，春希將嘴裡的泡麵吞進肚子裡。

並和未萌——這位「同性友人」一同笑著。

# 第3話 打工

結業式當天放學後。

悲喜交雜的喊叫聲響遍學校每一處。

隼人他們班也不例外，他一手拿著成績單皺起眉頭。

「呵呵，隼人考得如何？」

「……一般般吧。」

「這樣啊。我可是全年級第一喔，第一名。我贏了！」

「是是是，原來如此。我們有在比賽嗎？」

「因為我贏了，要跟你討點什麼才好呢～～？」

「想都別想！」

「咦～～？」

隼人雖然有點不知所措，還是順利考完了期末考。

畢竟是轉學後的第一次段考，自己也有認真準備，結果並不算差。

讓他皺眉的原因並非考試結果，而是在隔壁座位一臉得意的春希。

雖然平常關係很親近，經常被她惡整，也會看到她呆呆的一面，但「二階堂春希」依然是文武雙全、溫柔婉約的優等生。

像這樣聽她理所當然地說「我考了全年級第一名」，甚至讓隼人有種錯覺，懷疑其中可能有詐。

「對了，隼人，你第幾名啊？讓我看看啊，嘿！」

「啊，等等，喂！」

春希用她異常靈敏的反射神經，看準隼人瞬間的破綻就搶過成績單。看完以後，她一臉困窘地垂下眉毛。

「……那個，對不起。」

「等等，幹嘛道歉啊！成績又不算差！」

「呃，那個，因為一點娛樂性都沒有嘛。比如以些微之差輸給我，或是爛到慘不忍睹，還是理科跟文科的分數相差懸殊……」

「白痴喔！這要什麼娛樂性啦！」

順帶一提，隼人的成績在251人中排名106。綜觀整體算是平均，或是略高於平均的成績，就像他本人說的「一般般」的程度。

應該說還算不錯，但確實沒什麼值得一提的地方，也毫無爆點。

「哦，106名啊，以轉學生來說算是滿好的吧？對了，我是122名，輸給隼人了，所以隼人也會跟我討些什麼嗎？」

「唔，海童！」

「一輝……我不會跟你討東西啦，而且我也不想。」

一輝不知何時來到兩人身邊，偷偷探頭看向春希拿在手上的隼人的成績單。

春希發出「嗚呃」一聲扭動身子，毫不掩飾對一輝的嫌棄，並將成績單塞還給隼人。一輝見狀，臉上的微笑變得更加燦爛。就算怒氣沖沖的春希對一輝出言頂撞，也會被他一笑置之。

現在他們也在爭論：「幹嘛隨便偷看啊，變態！」「妳覺得我直接搶過來比較好？」

「唔唔唔……」隼人只能傻眼地嘆息。

最近這陣子，兩人之間的爭吵戲碼已經完全融入日常生活了。

對此，周遭的反應顯得有些複雜。

原因就出在前幾天一輝對春希告白。

春希雖然拒絕了，但在旁人眼中，他們的關係還是很好。只是每一次隼人都會夾在兩人之間。

現在只要豎起耳朵，也能聽到「一個甩人、一個被甩，感情卻好得不得了耶。」「他們是在爭奪霧島同學嗎？」「難道海童同學是放煙霧彈……」這些竊竊私語。

隼人的心情有些複雜，但大家對他們的印象似乎並不差。

他用力搔搔頭轉換心情，打斷兩人喋喋不休的爭執。

「好了好了，你們在幹嘛啦，別吵了。明天就要放暑假了吧？」

「啊，對喔，要放暑假了。隼人，你有什麼安排嗎？我完全沒有。」

「我應該要參加社團活動吧？啊，我有先預留一天去水上樂園，時間確定了嗎？」

「對喔，我還沒問。」

「我還沒去買泳裝耶。想找可愛的款式，價格就會往上飆……明明布料面積那麼小。」

「哈哈，設計費也包含在內了吧。」

正當隼人他們看著彼此聊起天時，提議要去水上樂園的伊織便舉起手，帶著一臉笑容走了過來。

「嗨，隼人，今天放學後有空嗎？」

「沒什麼事。你要去慶祝一下嗎？」

「啊啊，呃，不是啦，那個……我這次的成績有點糟糕……」

「……伊織？」

然而他的反應不乾不脆，跟以往截然不同。

雖然提到了成績不佳這件事，隼人卻完全不得要領。

他疑惑地歪著頭，伊織就忽然雙手合十提出懇求：

「抱歉！我要補習的那幾天，能不能代替我去打工！」

「打工？」

「對啊，就算只代七月的班也行，拜託了！」

「啊～～呃，那個……」

被他這麼苦苦哀求，隼人也不忍心拒絕。

而且他原本就對打工有點興趣。

「我可以去代班嗎？畢竟我沒經驗……而且是要做些什麼啊？」

「就是餐廳的內場協助，偶爾要去外場接客，不會很難。我記得你廚藝很好吧？」

「啊啊，隼人像個『老媽子』，應該很適合這種工作吧。」

「唔！噗噗，老媽子……！」

「……哪裡像老媽子啊。我是能下廚啦，但都是用我自己的方式在做耶。」

一輝出言調侃後，春希忍不住噴笑出聲，笑得肩膀不停顫抖。

隼人瞇起眼朝他們一瞪，一輝也只是聳聳肩一笑置之，春希則是偷偷別開視線，讓隼人深深嘆了口氣。

（……畢竟最近開銷不少嘛。）

隼人心中浮現各式各樣的煩惱。他這個鄉下人不習慣與人相處，應該不適合接待客人。但他又轉念一想，如果是不必拋頭露面的內場協助，或許可以考慮看看。於是他再次看向伊織說：

「好吧，如果你不介意，就讓我試試看吧。」

「抱歉啊！今天可以立刻上工嗎？」

「這倒無所謂……重點是那間店在哪裡？」

「從這裡搭兩站電車後，有一家叫『白糕點鋪』的和菓子店，打工的地方是隔壁開放內用的純和風咖啡館。」

「嗯，噢，是那裡啊。」

「喔，你知道啊？」

「只知道位置啦。」

隼人這才想起這件事。印象中伊織說的那間和菓子店也在媽媽住的醫院那一站，離醫院不遠，有時候還會大排長龍。

雖然離車站有段距離，由於歷史悠久，寬敞的店面又是純和風設計，帶有一絲沉穩的氣息，的確很有老店的風格。

隼人安心地呼了口氣。他還沒習慣都市的繁華，但如果是那間店應該沒什麼問題。

這時春希「啊！」地大喊一聲，似乎想起什麼事，瞪大雙眼湊近伊織問道：

「白糕點鋪……該不會是箭羽紋袴裙制服很可愛的那間店吧！」

「箭羽紋袴裙……噢，是那裡啊。我們班上的女生也常常聊到那間店耶。」

「嗯，不只制服可愛，女生的水準也是一流喔。」

「伊織，你這說法……」

春希表現得異常興奮。

她來回看了看隼人和伊織的臉，輕聲說了「那裡的制服有好幾種款式吧」。馬上就能猜到她在想什麼了。看她露出這麼可愛的反應，隼人不知該說些什麼。

話雖如此，這次伊織拜託的是隼人，而且還是內場協助工作。

遲疑了一陣後，隼人還是向春希問道：

「春希，妳對打工有興趣嗎？」

「該說是對打工嗎？我應該是對制服有興趣吧。」

「制服啊。」

「而且我也有點想讓別人覺得我很可愛啊。」

她沒有說對象是誰。

跟平常一樣露出淘氣的笑，臉頰卻染上了一抹羞紅。

隼人不禁怦然心動。為了掩飾這股情緒，他將臉轉向一旁並搔搔頭。

一輝見狀，臉上的笑容變得燦爛無比。

「隼人，這樣應該有機會認識可愛的女孩子喔。」

「哦？隼人，要搭訕可以，但上班時間不准亂來喔。」

「哼！」

「我、我沒那個意思啦，饒了我吧。」

當伊織也加入調侃的陣容後，春希的臉明顯垮了下來。

隼人舉雙手投降似的嘆了口氣。

「不過，真沒想到伊織會在那種地方打工耶。」

「哈哈，我也這麼覺得。老實說如果不是自家經營的店，我應該不會去打工幫忙吧。」

「……啊？自家經營……咦！」

「總之，可愛的女孩子就算不是來幫忙也隨時歡迎喔，二階堂同學。」

「唔咦！」

說完，伊織就露出惡作劇成功的表情，對驚訝的隼人和春希眨了一隻眼睛。

◇◇◇

白糕點鋪創業於天保年間，是擁有超過１８０年歷史的和菓子老店。

該店的制服是箭羽紋窄袖和服搭配袴裙，以及荷葉邊半身圍裙，營造出大正時代女學生的懷舊風格，特色與可愛兼具。此外，袴裙也改造成充滿現代風的裙裝，在女孩們之間蔚為話題。

春希當然也被女同學問過好幾次。

制服可愛卻很挑人；讓身材不好的人穿就白白浪費那套制服了；因為是和風款式，鞋子不太好選……她經常聽到這些制服可愛卻相對難駕馭的消極意見。

想到這裡，雖然一時衝動接下了這份打工，春希卻有些退縮了。

「嗚嗚嗚……」

白糕點鋪一樓後方有間三坪大的和室，是女更衣室兼休息室。此時春希拿著打工的制服，皺著眉發出困惑的低吟聲。

這套和風制服比傳說中還要正統，有點正統過頭了。

別說和服，春希連浴衣都沒穿過，所以不知該如何是好。

「呃～～妳還好嗎，二階堂同學？」

「啊、啊哈哈……可能不太好，那個……」

「要我幫妳穿嗎？」

「麻、麻煩妳了。」

出面幫春希的是早一步穿上打工制服的同班同學伊佐美惠麻，也是伊織的女朋友。

身材姣好的她留著一頭淺色的鮑伯短髮，給人活潑討喜的感覺，所以很適合這身制服。

見她穿得如此習慣，就能看出她跟伊織的交情有多長。

順帶一提，帶春希認識環境的人也是她。她似乎也在這裡打工，對於環境介紹及換裝方面都相當熟練。

在伊佐美惠麻的催促下，當春希解開襯衫第三顆鈕釦時，忽然驚覺什麼似的停下動作。

「……？」

伊佐美惠麻疑惑地歪著頭。

即使春希紅著臉抬起視線偷瞄她的臉色，她也一頭霧水。

在同學赤裸裸的注視下脫衣服確實讓人有些抗拒，但平常體育課就已經看過了，事到如今有必要這麼害羞嗎？

春希忸忸怩怩地遲疑了一會，還是讓上衣滑下肩膀。

襯衫落地的那一刻，伊佐美惠麻也吞了一口口水。

內衣是紅色的。

熱情如火的大紅色。顏色和設計都帶有成熟韻味，黑色蕾絲和荷葉邊緞帶卻俏皮地綴在各處，完美融合了性感與可愛兩種元素。

內褲當然也是一套的，跟春希平常在學校的清純模樣落差太大了。體育課換衣服的時候，當然也沒看過她穿這種款式。

「那、那個……」

「唔咦！啊、啊啊，嗯，要換衣服嘛！呃，先穿過袖子，將上衣多餘的部分摺起來，再用綁帶調整形狀！腰帶也是半幅款式，基本上跟浴衣一樣啦！」

「我、我連浴衣都沒穿過……」

「腰帶基本上都會被袴裙遮住，隨便綁就行，很快就能學起來！」

「嗚嗚，好難喔……在我學會之前，可以麻煩妳幫我穿嗎……？」

「！好、好啊，包在惠麻姊姊身上！袴裙要把有固定夾的那一面朝後，把固定夾塞進腰帶裡——」

「這、這樣嗎？雖然很可愛，穿起來卻這麼麻煩……」

一眨眼的工夫，伊佐美惠麻就幫滿頭問號的春希穿好衣服了。

她的表情相當專注，彷彿進入了開悟的境界。

因為春希剛才的表情舉止太過可愛，讓她不得不這麼做。心裡七上八下，甚至忍不住對自己吐槽：「啊，我好像可以接受女孩子耶……呃，不不不，我有男朋友了耶！」

「頭髮也順便紮起來吧，畢竟是餐飲業嘛。」

「啊，麻煩妳了。伊佐美同學，妳的動作很熟練呢。」

「啊哈哈，其實我跟伊織這個冤家是兒時玩伴，我從國中開始就會臨時被叫來支援。叔叔他們也都會用零用錢的名義付我工錢。」

「兒時玩伴……」

「好，這樣就完成了！」

「………啊。」

春希換好衣服後，伊佐美惠麻就推了推她的背，將她推到全身鏡前面。

穿上白糕點鋪制服的春希呆呆地盯著鏡中的自己，表情羞澀地發出一陣溫熱的嘆息。

藏青色箭羽紋上衣、棗紅色袴裙，配上紅色的半身圍裙，營造出充滿懷舊風格的可愛造型。為了方便活動，將一頭烏黑秀髮紮成馬尾，跟服裝非常契合。連幫忙更衣的伊佐美惠麻也一臉滿意地點點頭。

但春希的眉頭越皺越緊，感覺相當不安——接著說出伊佐美惠麻完全聽不懂的話。

「我看起來，像女孩子嗎？」

「…………啊？不不不，妳在說什麼啊，是想變成女性公敵嗎？」

「咪呀！」

簡直莫名其妙。

伊佐美惠麻抓著春希的肩膀用力搖來晃去，彷彿在問她在說什麼傻話。

現在的春希散發著和服的沉穩氣息，配上充滿活力的服務生樣貌，在在展現出不同以往的獨特魅力。只要讓她站到外場，營業額一定會翻漲吧。

伊佐美惠麻用「開什麼玩笑」的凶狠眼神盯著她。春希有些驚慌地猶豫了一會，又立刻膽怯地開口示弱，彷彿在找藉口。

「那個，以前的我是超級男人婆，又是超級惡霸，所以小姬……那個兒時玩伴一直以為我是男生……」

「咦？小姬？是那個兒時玩伴的女生嗎？」

「不僅如此，前陣子連小姬的媽媽都以為我是男生，還嚇了一大跳，那個……」

「…………原來如此。」

伊佐美惠麻緩緩嘆了一大口氣，多少能理解春希的心情。畢竟她以前也有過這種感覺。

所以看到春希那不安地動搖的眼神，她實在無法置之不理，想伸出援手。

先不談外在表現如何，雖然曾被一輝告白，從春希最近的行為舉止來看，直覺敏銳一點的人都能看出她對隼人抱著特殊情感。

春希拚命對周遭圓謊的模樣可愛極了，可見隼人「也是」她的兒時玩伴吧。

（這麼說來……）

春希經常一臉自豪地對大家展示的那個兒時玩伴女孩，跟隼人也有交情吧。那個女孩身材曼妙，看起來和藹可親，感覺很可愛。

這樣肯定是一大勁敵。

伊佐美惠麻鼓起幹勁。原本還在猶豫該怎麼解決害羞的問題，如今下定了決心。

「二階堂同學，一起去挑適合妳的可愛泳裝吧！」

「咦？泳、泳裝嗎？」

「奇怪，他們沒問妳要不要去水上樂園嗎？」

「啊，嗯，有是有啦……」

「戀愛是戰爭！選一套不輸給其他女生的超讚戰鬥服（泳裝），給心上人致命一擊，好嗎？」

「戀、戀愛？又、又不是那樣，我只是，特別……啊唔唔……」

「聽話聽話！」

「……好、好啦。」

重新燃起幹勁的伊佐美惠麻推著不知所措而語氣含糊的春希，打開休息室的門。

「啊，等一下的工作也是一場激戰呢。」

「咪呀！」

門的另一頭充斥著近乎怒吼的點餐聲，本該在廚房工作的隼人也忙碌地在餐桌間來回穿梭。

眼前確實是春希從未見識過的戰場。

「我、我做得到嗎……？」

「只能放手一搏了，開工開工！」

聽到春希充滿惶恐的低語，伊佐美惠麻用燦爛的笑容回應，彷彿要給她信心。

◇◇◇

在春希衝進戰場的同一時間。

「考完了～～！」

宣告期末考結束的鐘聲響起，姬子彷彿重獲自由般高舉雙手，發出興奮的喊叫聲。

「霧島～～我懂妳的心情，但記得把答案卷收上來喔～～」

「唔，對不起……」

周遭傳來陣陣輕笑，讓姬子害羞地縮起身子。大家的眼神像平常一樣充滿暖意。

老師收完答案卷走出教室後，整間教室立刻被歡呼聲填滿。

雖然是準考生，大家還是對從期末考解放一事相當開心，姬子只是搶先一步做出反應而已。今天這個時刻，教室每一處都在討論玩樂的計畫。

在這種喜悅的氣氛中，鳥飼穗乃香和平常那些老朋友一起來到姬子的座位旁邊。

「姬子，等一下有空嗎？大家在聊要不要去慶祝一下。」

「慶祝！是考完試的慰勞派對嗎？我要去！」

姬子立刻就被這個提議吸引。正確來說，是被「慶祝」這個詞吸引了。

在沒幾個同輩的月野瀨，所謂的慶祝活動，就是大人在祭典或集會後聚在一起舉辦的酒席，跟姬子這個小孩無緣。對她來說，同學間的慶祝活動只存在於動漫這種虛構故事中。

穗乃香等人面帶微笑看著眼神閃閃發亮的姬子，開始討論要去哪裡慶祝。

「欸，那要去哪？ＫＴＶ嗎？我知道一間很棒的家庭餐廳喔！」

「啊哈哈，什麼很棒的家庭餐廳啦。對了，有一間叫『白糕點鋪』的和菓子老店，店裡的氣氛很時髦耶。」

「好像也是很有名的約會地點。」
「現在主打葛切涼粉跟水饅頭這些季節性產品耶！」
「還有練切菓子和錦玉羹，外觀漂亮得不得了！」
「最重要的是，那裡的制服超級可愛～～」
「老店、時髦、制服很可愛？」
姬子在鄉下從沒聽說過這種店，聽到大家的評語，讓她的興致飆到最高點。
看到姬子拿起書包催促趕緊出發的模樣，大家都面帶微笑看著她並著手準備。這時穗乃香卻忽然「啊！」了一聲，眉頭也皺了起來。
「怎麼了？」
「那間店有個問題。因為很受歡迎，會大排長龍。」
「要排隊喔！」
「嗯、嗯。」
「原來如此，居然是紅到要排隊的名店！」
現在正值盛夏，想到要在炎炎夏日排隊等候就讓人心情消沉。
不只是穗乃香，其他女孩也都恍然大悟，表情漸漸染上苦悶之色，唯獨姬子不同。

紅到要排隊的名店——這在月野瀨是絕對見不到的奇景，在姬子心中等同於電視或情報雜誌才會出現的夢幻存在。這讓姬子眼中的光芒不減反增。

「嗯嗯，沒錯，果然是霧島。」

「姬子就該這樣才對。」

「好～～姊姊們請妳吃白玉餡蜜喔～～！」

「咦？嗯？妳們……什麼，連餡蜜都有嗎！」

看到姬子的反應，穗乃香等人紛紛笑逐顏開。

白糕點鋪所在的區域，離姬子他們的國中有兩站電車的距離。

搭電車很快就能抵達，姬子等人卻選擇徒步前往。畢竟國中女生的零用錢有限，很快就會見底。而且邊走邊聊的話，感覺也不是特別遠。

「唉……暑假看似充滿期待，卻不是這麼一回事……」

「別說了，我懂啦～～整個暑假都要耗在補習班或夏季衝刺班了～～」

「沒辦法，我們是準考生嘛。但還是得找時間休息才行～～」

「啊、啊哈哈……」

對姬子這些準考生來說，聊到暑假馬上就會抱怨連連。

根本沒報名補習班和夏季衝刺班的姬子頻頻陪笑，心想：「怎麼辦，我完全沒有這些計畫耶！」焦慮地視線飄忽不定。

視線飄著飄著，忽然——看到一棟從這裡看也十分顯眼的巨大白色建築，忍不住屏息。

（要、要吃什麼呢～說到和菓子，以前在月野瀨只吃過草餅，想吃吃看大城市那種時髦點心。）

姬子的表情瞬間僵住。她用力搖搖頭，拚命將思緒放在等一下要去的那個地方。

「霧島，妳呢——……霧島？」

「咦！啊，嗯，我想吃蕨餅或葛切涼粉那種冰涼的點心～～！」

「啊哈哈，妳怎麼想到那裡去了～～不是啦，我是問妳暑假有什麼安排。」

「咦？啊，妳是問這個啊！嗯～～雖然還在考慮，應該確定會回月野瀨一趟吧？我朋友是巫女，得去捧場她的祭典舞蹈表演。」

「巫女！真的假的，好酷喔！」

「她家在經營神社嘛～～啊，我有她的照片喔，妳們看。」

「……唔喔！好美……皮膚超白！這髮色該不會是天生的吧！」

「等等，我也要看啦！」

「咦？怎麼回事，她跟我們同年嗎！」

看來話題已經在她思考期間改變了。

姬子急忙將話題轉到回鄉和沙紀後，穗乃香等人比想像中還要感興趣。聽到大家頻頻誇讚朋友好美好厲害，姬子也跟著得意起來，忍不住滔滔不絕地盛讚沙紀有多乖巧。

「——然後啊，哥這個人很白目，所以沙紀老是躲在我後面。不知道哥在祭典的時候是不是用很爛的方式誇她，她馬上就嚇得躲起來了。可是沙紀在群組裡都會稱讚哥做的料理，還會給建議，貼心地丟出各種話題呢，真是個優秀的好女孩～」

不知不覺中，姬子開始比較起沙紀和哥哥的優劣，嘴裡不停抱怨：「神經有夠大條。」「注意一下儀容好嗎？」「早上叫我起床的時候很粗魯。」「哥應該多跟沙紀學學。」

穗乃香等人睜大雙眼，用不可置信的眼神看著姬子，說出類似吐槽的感想。

「咦？小姬，妳這話是認真的嗎？」

「沙、沙紀太了不起了吧……」

「哥哥也很誇張……但畢竟是霧島的哥哥嘛……」

「真受不了這對兄妹……」

「咦？妳們怎麼了……？」

大家的反應有些不如預期，讓姬子疑惑地歪著頭。

雖然不是很懂，她能感受到大家傻眼的心情，總之就當作她們也贊同自己對哥哥的不滿吧。姬子這麼心想，繼續往前走去。

這時，她們立刻發現目的地就在眼前。

「哇啊！」

「天啊～～真的在排隊耶～～」

「畢竟是這個時間嘛，應該很多人跟我們一樣，想把甜點當成午餐。」

離站前有些距離的商店街外圍，有一間老宅風格的大型店鋪。

除了純和風的獨特店面設計，白糕點鋪店外還出現了將近二十人的隊伍，看起來更顯眼了。

「欸欸，那裡是隊伍最尾端嗎！那就排在那個人後面——」

「咦？姬子？」

「——什麼？」

姬子迫不及待想衝上前去，卻有人喊住了她，而且是年輕男子的嗓音。

姬子剛搬來不久，認識的人不多，會是誰呢？她疑惑地轉頭一看，發現是個連排隊的女性都忍不住回頭看的高挑爽朗帥哥——也就是一輝。

一輝笑盈盈地對姬子揮揮手，姬子也帶著燦爛的笑容跑過去。

姬子很怕生，但只要對方能讓她卸下心防，她就會變得很黏人。

前陣子一起出去玩時，姬子發現了一輝不同於隼人的細心之處，並對他紳士的態度很有好感。

「一輝學長！」

「嗨，姬子，真巧耶，我也正想來這間店看看。」

「我跟同學出來慶祝……咦？一輝學長，你一個人嗎？這裡人這麼多，要不要跟我們一起進去？而且你要趕快來排隊呀！」

「咦？不，我只是……」

「穗乃香，妳們也不介意吧～～？」

不等一輝回答，姬子就硬是拉著他的手，把他帶到穗乃香等人面前。

她的臉上滿是笑容，可能是在意想不到的地方碰到熟人很開心吧。

另一方面，穗乃香她們面對這種被丟在一邊的狀況，有些啞口無言。

這也是理所當然。一輝是個大帥哥，此時周遭的女性也頻頻對他送上火熱的視線，但姬子本人卻對他沒有一絲愛慕之心。

尤其是穗乃香前幾天在電影院前拍到的那張照片，兩人看上去像在打情罵俏，一輝甚至還在逗弄姬子，讓穗乃香更混亂了。

這時，一輝聳聳肩嘆了口氣，有些感慨地低喃：

「姬子，妳真的是隼人的妹妹……」

「唔，這話是什麼意思啊～！」

看到姬子生氣地嘟起嘴，一輝苦笑著帶過。

姬子覺得自己被當成小孩子，便鼓起臉頰表示抗議。

這個狀況真讓人摸不著頭緒。

然而穗乃香她們似乎也明白一輝的傻眼。想到還沒見過面的沙紀過去也是如此辛苦，不禁對她心生感佩。

不必特別做什麼，光是在這炎炎夏日站著就讓人滿身大汗。

如此酷熱的天氣，卻絲毫不減白糕點鋪的人氣。

姬子和穗乃香一行人也不例外。

聽姬子簡單介紹過一輝後，她們在排隊時便不停對他拋出問題，他也爽快地一一回答。

「你跟霧島的哥哥是朋友呀！所以大我們一歲嘍？」

「唔唔唔，你讀的那所國中我完全沒聽說過……你是從很遠的地方來這裡讀書的吧？畢竟那所高中是這一帶首屈一指的升學名校，偏差值很高嘛。」

「你是足球隊……但姬子的哥哥是園藝社耶……咦？你們是怎麼認識的？」

「隼人他……妳們想嘛，畢竟他是姬子的哥哥，總是得在身邊看著，這樣說妳們就懂了吧？當時我看到姬子跟哥哥一起出來逛街，就跑去找他們玩，應該就是從那個時候開始熟起來的。」

海童一輝非常受歡迎。

個性爽朗，笑容親切，身材高挑修長，一身經過球隊訓練的緊實肌肉，還有「不會讓人反感」的話術，很難在第一次見面時就被討厭，大家也聊得很開心。

話題勢必會慢慢轉向一輝和姬子。

有點少根筋但個性純樸的美少女轉學生，在都市和哥哥的帥氣朋友相識後，兩人越走越近。

對這些娛樂受限的國三生（準考生）又正值花樣年華的少女來說，怎麼可能放過這種刺激的話題。

不久後，可能是因為女孩子聚在一起膽子也大了起來，穗乃香等人的問題開始帶有侵略性，越來越不客氣。

「海童學長，你現在有女朋友嗎？」

「！現、現在沒有……那個，我忙著練球……」

一輝的反應出現破綻，這句話也往穗乃香她們的好奇心火上加油。

「現在沒有，所以之前有嘍？」

「你當時是跟什麼樣的女生交往啊？美豔型，還是可愛型？」

「下次要找女朋友的話，你喜歡哪種女孩子？啊，能接受比你小的嗎？」

「呃，那個，我暫時沒這個打算，而且……」

看到穗乃香等人群起猛攻的反應，一輝覺得自己太大意了，苦澀的臉頰也陣陣抽搐。

不擅長應付「這種話題」的一輝拚命否定並試圖轉移話題，但女孩們只是不斷回答：

「什麼，太可惜了啦！」「不過海童學長很受歡迎嘛。」「試試也好啊！」根本毫無成效。

滿臉困窘的一輝忽然注意到完全沒加入話題，獨自露出嚴肅表情的姬子。

一輝轉移目光後，穗乃香等人也循著他的視線看去，並對表情跟現場氣氛完全不搭的姬子充滿疑惑。

「姬子，妳怎麼了？」

「……咦？啊，嗯。妳們看一下那個……」

「什麼……？」

姬子指著店門口的廣告旗幟。

旗子上用斗大的文字寫著「刨冰開賣了！」，還附上帶有涼爽濃綠色澤的宇治金時刨冰的圖。

「難得來和菓子店，感覺就該點旁邊這個有附抹茶的清涼Q彈點心套餐，但在這種炎炎夏日吃刨冰一定也很讚，不過要吃刨冰也不一定非得在和菓子店……想到這裡，我就覺得好苦惱喔……」

姬子的表情超級認真。

由於前陣子才減肥成功，她也不可能兩種都點，況且零用錢也不夠，讓她的表情變得更凝重了。

姬子依舊貫徹她的作風，不論身在何處，都會以美食為重。

穗乃香等人對姬子的反應目瞪口呆，旁邊的一輝則笑得肩膀頻頻顫抖。

「討厭，一輝學長，你笑什麼嘛！」

「哈哈，沒什麼。喏，好像輪到我們了，進去吧？」

「唔～～～！」

一輝臉上帶著愉悅的微笑，推著姬子的背往前走，像在安撫她似的。

穗乃香等人在原地呆站了一會，然後急忙追上兩人的腳步。

眼尖的她們馬上就發現一輝看著姬子的目光跟看著她們的時候完全不一樣，因此她們默默地亢奮起來，看著彼此不停點頭。

另一方面，姬子則因為再度被當成小孩子看待，氣得嘟起嘴脣。然而一走進店裡，她臉上的不滿立刻轉變成驚訝。

「歡迎光——」

「小春！」

「——小姬！」

姬子和上前接待的店員——春希相對，兩人立刻指著彼此，像金魚一樣嘴巴一張一闔。

一輝笑嘻嘻地看著驚訝的姬子和春希。穗乃香等人看到那位店員(春希)後，也睜大了眼睛。

楚楚可憐的容貌和高高綁起的亮澤長髮，與白糕點鋪的箭羽紋袴裝制服相得益彰，簡直就像為她量身訂做似的。

因為實在太適合了，她們走進店裡的那一瞬間，甚至有種闖入電影或戲劇世界的錯覺。

但穗乃香她們的震驚還不只如此。

「小、小小小小春，妳怎麼會在這裡！哇，這套制服太可愛了吧！」

「今天臨時來幫忙……制服，會不會很奇怪？」

「嗯嗯，別擔心，看起來很像女孩子。只要別露出本性就沒問題！」

「哈哈，二階堂同學這麼會裝，應該不用擔心吧？」

「唔，海童！你怎麼會在這裡啊？啊，難道你對小姬灌迷湯了嗎！」

「啊哈哈，我跟一輝學長是在這裡偶遇的啦，所以就一起過來了。」

「就是這……呃，好痛！不要踩我啦，『店員小姐』！」

「唔咿咿……」

姬子、春希和一輝就在穗乃香等人面前表現出毫無客套的超好交情。看到春希往一輝腳上一踩，更是讓她們難掩動搖。她們忍不住拉起姬子的手，全都圍上前來。

「等等，姬子！妳認識那個二階堂學姊喔！」

「國中三年的成績始終保持第一名，全國模擬考也名列前茅，運動神經超群，還有天仙般的美貌！」

「到去年為止，在我們國中可是無人不知無人不曉……不過，咦咦，那個學姊剛剛踩人了嗎！」

「咦？咦？二階堂學姊……妳們是在說小春嗎？她很有名？怎麼回事啊！」

穗乃香等人都很興奮。

她們呼吸變急促，眼睛布滿血絲，連姬子都被嚇得頻頻後退，她們卻圍著姬子不放。

二階堂春希很有名。

春希去年也是從穗乃香她們就讀的國中畢業，還在她們面前做出在學期間從未見過的舉止，難怪她們會如此激動。

「後面的桌子已經整理好了，請各位先入座！喂，春希！」

「啊，好！嗯嗯！由我幫客人帶位，這邊請。」

這時又傳來一陣年輕男子的喝斥聲。

春希回過神後，頓時露出有些尷尬的表情，但還是急忙重振精神回到工作崗位。

穗乃香她們也終於發現自己的行為太引人注目，便害羞地跟著春希走。這時，只有姬子再度發出驚呼聲。

「為什麼連哥都在這裡啊！」

「「「！」」」

姬子所指的人，是一名相當適合甚平服裝、半身圍裙和三角頭巾的男性店員——隼人無奈地搔搔頭，春希則像是得救了一般低下頭。

聽到這個全新的追加情報，穗乃香等人驚訝地看著彼此。一輝則拚命忍笑，肩膀不停顫抖。

◇◇◇

白糕點鋪的內用區裝潢是以灰泥塗料粉刷而成的黑色樑柱配上潔白牆面，營造出充滿特色的沉穩氣息。

春希卻因為工作忙得不可開交，和沉穩的裝潢風格完全相反。

幫客人點餐，將點單送至廚房，再把做好的餐點送上桌。

工作內容相當單純，單數卻多得不得了。

「接、接單嘍！六號桌一份鮮奶油餡蜜，兩份葛切涼粉聖代！」

「好，我這邊也有一些可以出餐了！綜合糰子套餐和清涼套餐送一號桌，這兩份鮮奶油餡蜜送四號桌！」

「咦……嗯、嗯，知道了。那個，一號桌是……」

「就是窗邊那一桌。這份我來送，二階堂同學，吧檯的四號桌就麻煩妳嘍！」

「好、好的！」

簡直忙得團團轉。

除了因為這是第一次打工，別說實習了，甚至連一套完整的說明都沒有，就被迫直接上陣。但春希的能力足以應付，真不知該說是幸還是不幸。

然而在只有學校教室那麼大的空間內就有二十八個座位，光靠春希和伊佐美惠麻在外場接待，不管怎麼想都覺得人手不足，所以隼人也勢必得經常到外場幫忙。

他一手端著鮮奶油餡蜜，朝外場瞄了一眼，就看見姬子的身影。

（小姬也交到這麼多朋友了啊……）

剛才看到姬子來光顧就讓他夠驚訝了，沒想到還跟一輝一起來，更讓他大吃一驚，忍不住發出嘆息。

至於姬子本人，明明才剛點完餐，現在又盯著菜單看，露出嚴肅的表情沉吟。看到她一如往常的模樣，春希僵硬的嘴角也漸漸上揚。

再把視線往旁邊移，就看到「一如往常」笑容滿面的一輝被姬子的同學東問西問的樣子，春希上揚的嘴角又抽了幾下。

「妳還好嗎，二階堂同學？」

「唔！啊、嗯，沒事。喔，要送吧檯的四號桌吧，我這就去！」

「……啊。」

呆站在原地的春希被伊佐美惠麻喊了一聲才回過神，連忙露出笑容（戴上面具）回到外場。

伊佐美惠麻「呼」的一聲發出五味雜陳的嘆息。

恢復原狀（重新戴上面具）的春希笑容可掬地在外場四處穿梭，堪稱完美的表現完全無法想像她是第一次打工。工作也學得很快，自然會吸引眾人目光，讓人很難對她起嫉妒之情。

伊佐美惠麻將視線轉向春希剛才注視的地方。

那群人相當顯眼。她想起方才春希在門口發出的驚呼。

不僅是他們的說話聲格外吵雜，一輝的容貌在這種場合也依舊突出，時刻引人注目。

除此之外，坐在一輝對面那位二階堂春希的兒時玩伴女孩也備受矚目。當其他女孩拚命跟一輝說話時，一旁的她毫不在意，只是認真地盯著菜單看，讓人對她更好奇了。

不過她並不是格格不入或被大家孤立，只要吐槽她一直盯著菜單，她就會驚慌失措，引來眾人的笑聲。她的個性——一定很好相處，跟過去的春希截然不同吧。伊佐美惠麻不禁皺起眉頭。

「……伊佐美同學？」

「！霧島同學，咦？啊，對不起，怎麼了？」

「呃，六號桌的鮮奶油餡蜜和葛切涼粉聖代做好了……還是我送過去比較好吧。」

「……啊。」

「唔，不行不行。」

看到伊佐美惠麻杵在原地，隼人笑了笑，沒等她回答就直接從廚房衝向外場。

伊佐美惠麻猛然回神，決定先以工作為重，便立刻回到外場。

春希也覺得隼人很能幹，而且相當細心，又能在各方面提供支援。他會主動來外場幫忙，彷彿對這類工作相當熟練。

儘管如此，他們還是忙得連喘息的時間都沒有。

穿不習慣的木屐綁繩卡在腳的拇趾和食趾之間，不時傳來痛楚。

「綜合糰子套餐是哪位客人的——」

「咦？我們有點嗎？」

「沒有啊，我們都點刨冰耶。」

「不、不好意思！」

不熟悉的工作消耗了她的專注力，導致小錯誤接二連三發生。

春希低頭道歉，並和正在櫃台結帳的伊佐美惠麻對上眼，伊佐美惠麻才用眼神向她示意正確的桌位。

「抱歉，讓您久等了！綜合糰子套餐——」

春希拚命裝出笑容，幸虧她很擅長這種陪笑工夫。

送完餐點後，她稍作歇息，同時環視四周。

店裡的生意好得不得了，新客人源源不絕地上門，隼人和伊佐美惠麻也四處奔走。

不同於只負責外場的春希，隼人還在廚房幫忙備餐，伊佐美惠麻也要負責結帳。自己也不能輸。

姬子他們已經離開了。

想起姬子聽到「續攤」這個詞後雙眼閃閃發亮被深深吸引的模樣，就忍不住擔心起她的未來。但春希搖搖頭，覺得現在應該先以工作為重，並重振精神為自己打氣。

剛剛一群客人結帳離開後，春希開始收拾桌上的餐具。雖然數量有點多，因為已經漸漸熟悉工作流程，她看了看人潮絡繹不絕的店內，就一口氣將餐具疊在一起。

她的判斷錯了。

「春希，危險！」

「——咦？」

春希的視野旋轉的同時，下一秒就發出「鏘」的巨響。

她的意識和周遭的時間立刻被硬生生切斷。

她還沒理解到底發生了什麼事。

但她馬上被某種寬闊的東西圈進懷裡——一股讓她本能感到安心的氣味竄入鼻腔。

「好痛……妳沒事吧，春希？」

「咦，什麼……隼人！」

隼人的臉忽然闖進她的視野。

這一瞬間，春希感到怦然心動，臉頰發燙。她急忙別開視線，卻看到旁邊散落一地的抹茶陶杯碎片。
還有集中在她身上的那些驚愕與好奇的視線。
「對、對不起！」
「沒事沒事，妳沒受傷吧？」
「應該……沒有……！」
看樣子她摔倒了。理解當下情況後，春希連忙從被她壓住的隼人身上跳起來。
「對不起，我們馬上清理！還好嗎？等一下我來幫妳收拾，二階——啊～那個，霧島同學！」
「抱、抱歉，我……」
「啊啊，知道了……不好意思，驚動大家了！」
立刻掌握現狀的伊佐美惠麻拿著掃把、畚箕和拖把衝了過來。隼人也跟著她一起向顧客致歉，接著開始著手清理。
只有春希不知該如何是好，有些驚慌失措。
她不知道自己該做什麼，意想不到的突發狀況接連發生，完全超出她的處理能力範圍。
不顧嚇傻在原地的春希，動作俐落的兩人轉眼間就把地板清理乾淨，顧客的注意力也回到眼前的甜點上。

——自己根本就在扯後腿。

春希深深體會到只會茫然無措的自己，跟做事俐落的隼人和伊佐美惠麻之間的差距。

這種窩囊的感覺讓她不禁鼻頭一酸。

「……咦？」

這時，有人將掌心放上她的頭。

「春希，別杵在那兒，『一起』度過剩下的難關吧。」

「…………啊。」

回頭一看，才發現隼人臉上帶著笑容。

那是春希過去再熟悉不過——隼人和她玩在一塊時發自內心的純真笑容。心中那份脆弱被這股暖流漸漸融化。

（……討厭，真受不了他！）

工作的確很忙，非常辛苦，也出了錯，但那又如何？

不管打工還是玩樂，只要兩人在一起，做什麼都開心。

早在七年前，她就明白這個道理了。

春希的嘴角自然上揚，臉上的笑容也找回了幾分「真實」。

「不好意思，給各位添麻煩了！」

春希低頭道歉，並回到工作崗位。

同時她鼓起臉頰看向隼人，輕輕往他背上一拍。

這是對剛才被當成孩子看待的小小抗議。

下午五點多，日照已經緩和不少，卻還殘留著白天的熱氣。

隼人和春希沒搭電車，而是拖著疲憊的身軀踏上歸途。

儘管步伐沉重，心中有股打工順利完成的成就感，讓兩人臉上寫滿了充實。

「總算結束了～～只是比想像中還要辛苦。」

「真的。不過收到的工資也多了不少，感覺還不錯。」

「森同學是說『抱歉，沒想到其他工讀生也休假！』嗎？」

「真是的，難怪會忙成那樣。」

「就是說啊～～」

隼人和春希想起離開前對他們雙手合十不停道歉的伊織，不禁相視而笑。看來今天的忙碌只是偶發現象。

「隼人，你有什麼打算？」

「嗯？」

「他不是問你要不要去打工，只有暑假期間也行？」

「啊～～……我想試試看。」

「是為了買之前說的輕型機車嗎？」

「這也是原因之一，不過……」

「不過？」

隼人忽然停下腳步，一臉傷腦筋地看著白糕點鋪——以及醫院所在的方向，露出苦笑。

「我覺得工作——賺錢真的很辛苦呢。」

「…………啊。」

他的嗓音明朗，表情卻有些複雜。春希也想不到該對這樣的隼人說些什麼。

「話題變沉重了。去一趟超市吧，今天該吃點補充能量的晚餐。」

「……也好。」

隼人努力用開朗的嗓音這麼說，重新邁開步伐。

看著隼人走在前方的背影，春希喃喃自語：

「賺錢啊……」

中場休息

# 心懷渴望，伸手觸及

月野瀨西方的山巒漸漸染上茜紅色。

沙紀那道被拖長的影子，在她每天清掃的神社境內舞動著。她在進行神樂舞的練習。

本來不該在這種地方練習，但正式演出的時間將近，身體自然而然就動起來了。立在本殿旁的竹掃帚也在一旁看著她努力的身姿。

行雲流水的美麗舞步非常適合敬獻神靈。

也能看出沙紀是注入多少心血才修練至此。

向神許願。

其實從沙紀的嚴肅神情就能看出她是帶著祈望跳著這支舞，向自己侍奉的神靈祈求。

——請保佑小姬的媽媽早日康復。

這是沙紀發自內心的真摯心願。

她的好朋友和心上人是為了配合母親轉院才會搬家。

如果他們的母親病情好轉，或許就能再次回到月野瀨——沙紀心中也隱含著這份願望，練習時更加勤奮。

「嗯……？」

就在此時，沙紀放在本殿階梯上的手機傳來好幾則通知，震動的手機不停敲著立在旁邊的掃帚。

沙紀看了看手機螢幕，眼裡不禁充滿驚嘆的光芒。

『沙紀妳看！很棒吧，超漂亮的！是和菓子！金魚！抹茶！樣式超多，有庭院，還有西瓜跟水缽！』

『嗚哇，小姬，這些是什麼，好棒喔～～！』

姬子接連傳至群組的是外觀鮮明美麗的和菓子照片。

看似金魚在水缸中游泳的錦玉羹；西瓜跟芒果口味的大福；還有模擬繡球花等當季花卉外型的落雁。

這些點心光看就讓人感到愉悅，心情也亢奮起來。實際見識到這些點心的姬子似乎依舊難掩興奮。

『為了慶祝考試結束，我跟朋友去了這家和菓子老店！而且附抹茶的套餐居然才五百圓！怪不得會大排長龍，對吧！』

『咦？小姬妳去排隊了嗎～～？好厲害，妳已經是成熟的都會女子了……』

『有種達成夏日成就的感覺。嗯，但好像沒什麼意思……』

『唔唔，好好喔。月野瀨的點心就只有草餅而已……』

『對啊對啊，用附近摘來的艾草跟村裡採收的紅豆做的～～』

在月野瀨說到點心，就非草餅莫屬了。

她想起早春時節會在氏子們的聚會中製作草餅。

將附近採摘的艾草熬煮出一大鍋汁液後，再跟糯米粉等材料一起放入磨缽中揉製混合成型，印象中是相當耗費體力的工作。

（對了，哥哥當時也一直跟氏子阿姨們做草餅吧……）

沙紀忽然想起這件事，不禁湧現一絲悔意，胸口隱隱作痛。

當時她根本沒想過隼人會搬家。

『沙紀，不然我們回去月野瀨的時候，把這個和菓子當成伴手禮帶回去吧？』

『唔！哇啊，好期待！幫我帶金魚缸造型的錦玉羹，小姬！』

『如果抹茶也能外帶就好了，和菓子的甜味跟抹茶的苦澀簡直絕配！』

『唔，太期待了～』

沙紀搖搖頭並重回話題。

隨後她們熱烈地聊了起來，儘管隔著遙遠的距離，還是能確實感受到彼此緊緊相繫。這就是交情長久、無可取代的好朋友。

『啊，但和菓子伴手禮可能要請哥幫忙買。他在那裡打工，搞不好有員工優惠喔。』

不過這位好朋友經常會忘記交代一些重要事項。

比如搬家，還有剛剛說的這件事。

『打、打工！咦？哥哥在打工嗎？』

『嗯嗯，對啊，很意外吧。來，妳看。』

「！」

姬子傳了一張隼人打工時的照片。

這讓沙紀心中頓時小鹿亂撞。

他穿戴著甚平服裝、三角頭巾和半身圍裙這套極具日式風格的服裝，一手拿著托盤，笑容滿面地忙碌奔走。

過去隼人還在月野瀨時，沙紀也曾遠遠看過這樣的身影。

『啊、啊哈哈，那個，哥哥看起來很熟練呢。』

『畢竟哥以前就在村裡的宴會做過這種差事嘛～對了對了，在那裡打工的可不是只有哥喔，妳看！』

「！」

沙紀再次屏住呼吸。

這次是春希的照片。

充滿大正摩登氛圍的箭羽紋袴裝和半身圍裙，非常適合春希楚楚可憐的感覺。接待客人時，在後腦杓紮起的馬尾也搖來晃去，給人活潑可愛的印象，渾身散發不同以往的魅力。這麼可愛的模樣，應該有些人是為了被她接待才上門光顧的吧。

沙紀發出一陣苦惱的嘆息，同時睜大雙眼，眼神有些閃爍。

她在春希那張照片後頭看見了隼人的身影。

應該是碰巧拍到的，這也是理所當然。

因為他們在同樣的地方一起工作。

（而我以前……只能遠遠地看著他……）

她心頭一緊，覺得好羨慕。

沙紀個人對春希有些敵對意識，但不帶惡意。她們會在群組聊天，感情也迅速變得要好。她很喜歡春希私下的模樣。

但若事關隼人，就得另當別論了。

尤其最近老是發生讓她有些在意的事，心裡也經常焦躁不安。

可是，不，正因如此，沙紀才越來越想跟春希見一面，和她促膝長談。

『嗚哇！這是什麼時候被拍的啊！小姬拍的嗎！』

一個看似遊戲妖精角色的大頭貼，和「†春希†」這兩個字一起跳了出來。看樣子春希也來了。

看到自己的照片後，她馬上丟出一連串怨言：『比想像中辛苦，累死了。』『我一直站著，腳都變得硬梆梆的，腰也好痛！』『制服雖然可愛，實際上有個問題，收桌子的時候袖子超礙事！』姬子和沙紀看了也只能回她一句『啊哈哈』的苦笑聲。

這次的話題只差在不是春希平常聊的遊戲或人偶模型，而是打工辛酸史，但春希的反應跟平常沒有太大區別，群組氣氛也一派和諧。

……偶爾春希會心有不甘地說起受到隼人幫助的事，沙紀心中便會湧現溫馨和些許欣羨之情。她對這樣的自己有點無語。

『對了，小春，你們有員工優惠嗎？回月野瀨的時候，我想買給沙紀當伴手禮。』

『唔～～有嗎？我也不清楚耶。對喔，小姬你們暑假要回月野瀨嘛……嗯～～那我是不是該加把勁拚命打工啊～～？』

「…………咦？」

沙紀不禁發出怪聲。

她以為春希會配合隼人跟姬子的返鄉行程一起回來。她一直這麼認為。

但冷靜思考後，想到以前「二階堂家」在月野瀨發生的那些事，就覺得春希的回答理所當然。

『是嗎，小春不回去啊……』

『啊哈哈，「我也無家可歸了嘛」。對了，沙紀，我爺爺家現在變成什麼樣子了？』

『！那個，因為很久沒人居住，應該說變得很透風，夏天住起來比較舒適嗎……』

『我想也是～～……』

只要是月野瀨的居民就一定會知道這件事。

二階堂春希已經無家可歸了。

也不知道該用什麼臉回去。

『那要不要來住我家呢？幸好我家是神社，家裡超級大，也有一些空房間。』

沙紀卻反射性地打出這些文字。

這是相當私人的理由，根本不考慮對方——春希的立場如何。

完全是個人的任性——與自私心態使然，但沙紀覺得自己必須開口。

『呃，可是我——』

『我想跟春希姊姊見一面。』

『——咦……』

見了面之後，沙紀有好多話想說，也有好多想法想傳達給春希。

還有自己的心意……但這只是她任性的理由罷了。

『啊、啊哈哈……我也很想跟沙紀見面耶，那我認真考慮一下。』

『好，拜託妳了。』

沙紀看清自己的任性後，才更覺得非說不可。

◇◇◇

「月野瀨啊……」

春希一手拿著手機，這聲呢喃也在隼人的房裡漸漸消散。

她心中五味雜陳。對沙紀來說，春希一定也是個複雜難解的對手。

但對沙紀的邀約感到驚訝的同時，春希確實也很開心。

「沙紀她真的……」

她覺得沙紀真的是個好女孩。

這陣子聊下來，春希發現村民都很疼愛沙紀，也會調侃她跟隼人之間的關係。原來如此，或許他們真的挺登對。看了最近群組聊天的內容，她深刻明白這一點。

但光是如此想像，春希胸口就莫名發疼。

她回想起自己還住在月野瀨時的往事。

——真是的，居然把這個燙手山芋硬塞過來。

——真不知道混了什麼骯髒的血統。

——看妳是真央的女兒我們才收留，但妳才不是我們的孫女。

春希記得祖父母總是對她冷嘲熱諷。

「還有『把妳欠的東西還來』……」

這是祖父母和媽媽的口頭禪。

這也是為什麼她和隼人會「互相做人情」，但不會「主動欠人情」。

春希皺著眉頭環視四周。

鐵架床；不鏽鋼製的系統書桌；重視機能性且兼作書櫃的多功能收納架。被白、藍、灰三色統一的房間色調，就像典型的男高中生房間。

春希的運動背包放在房間某處，自然而然地融入其中。

「……下次把內衣褲也拿過來好了。」

看到自己的物品和男生的房間如此契合，依舊皺著眉的春希露出笑容這麼說道。

「唔～～……」

春希回到客廳，發現隼人在廚房裡雙手環胸，嘴裡還叨唸著什麼。

在他面前的是大約一公斤重的豬梅花肉塊。平常國產豬肉一百公克要價88圓，今天降至半價，看到這麼便宜的價格，隼人就忍不住衝動買下來了，是今天的戰利品。

「隼人，你決定要煮什麼了嗎？」

「……我還在想。有效期限也快到了。」

「畢竟是特價品嘛。我想想，就炸豬排如何……呃，但又覺得油炸類不太好。」

「也可以做成醬燒豬排啦，但還得處理那些蔬菜。」

「啊哈哈，考完試之後就採收了一大堆嘛。」

看著眼前這塊衝動買下的肉，兩人看著彼此露出苦笑。

以前在河邊玩耍掉進水裡、把山裡小神堂的門弄壞、不小心打開柵欄讓雞群逃出去……

他們此刻的反應就跟當時一模一樣。

從未改變。

這樣的情景想必未來也會不斷上演。

「好了，再繼續想下去也沒用，先把醬燒豬排要用的部分切出來吧。」

「……啊。」

「！…………春、希？」

這是反射動作。

見隼人要離開自己身邊，春希便抓住了他的手。

「……呃，那個——」

「嗯、嗯？」

不是有什麼理由才這麼做，硬要說的話，應該就只是單純想觸碰而已。

但春希不可能老實說出心裡話，所以滿臉通紅地拚命想藉口。

「義、義式蔬菜湯！」

「……咦？」

「那個，是未萌推薦的，她說這道料理可以大量消耗夏季蔬菜。」

「咦？啊啊……但我沒做過耶。」

「沒關係，我跟未萌一起做過。」

「什麼時候？」

「考試期間有做過啦，所以隼人，醬燒豬排就交給你了。」

「好吧。」

春希發現自己剛才說得很快。

隼人也沒白目到會刻意戳破這一點。

於是兩人一起在廚房裡著手準備料理。

義式蔬菜湯的做法很簡單，準備過程卻相當費工。

在鍋底倒入橄欖油，將蒜末爆香後，再加入洋蔥、紅蘿蔔和芹菜拌炒，途中得注意不能焦糊。當這些辛香類蔬菜炒至軟爛，接著只需加入園藝社採摘的茄子、櫛瓜和番茄，與高湯和月桂葉一同燉煮即可。

但所有蔬菜都得切成小丁狀，用木杓不停拌炒也非常需要耐心，手腕還會因此痠痛。

另一方面，醬燒豬排就容易多了。

將豬肉切成喜歡的尺寸後，撒上鹽和胡椒，再來只需準備用醬油、味霖、砂糖、蠔油、薑末及蒜末調製的醬汁。

隼人很快就把搭配的高麗菜絲切好，轉而去幫春希將蔬菜切丁。

「接下來只要把蔬菜燉到入味就行。謝謝你，隼人，幫大忙了。」

「小事，不用謝。好，我也該開始煎肉了。」

說完，隼人往平底鍋倒入沙拉油，將肉放入熱鍋後，就聽見油脂噴濺時發出「滋～～」的美妙聲音。

將肉排煎至兩面金黃後，接著倒入剛才調好的醬汁，加蓋一同燜煮即可。

於是隼人這段時間沒事可做，但眼睛還是得盯著火才行。

在臨時多出的這段時間，春希以閒話家常的語氣將內心想法告訴隼人。

「欸，我……可以去月野瀨嗎？」

隼人的表情僵住。這個問題應該不好回答吧。

「…………………不知道。」

「啊哈哈，也是啦。聽說爺爺當時幾乎是連夜逃跑了。」

「妳回去的話，大家應該會好奇地問東問西吧。」

「問我也沒用啊，我又不清楚～」

「……就算知道沒用，還是會有人想問吧。」

「啊哈，說得也是。」

春希爺爺家現在空無一人。

在這五年，無人管理的家已經破敗不堪，而月野瀨的所有居民都知道這棟空屋的始末。

「沙紀說她想見我，還說如果我跟隼人、小姬一起去，可以住在她家。」

「這樣也好吧……如果住在神社，那個，感覺滿安心的。如果是神主家的那些人，包含村尾在內，應該都不會說妳的閒話。」

「嗯，我是很開心啦，但我真不知道該用什麼臉面對他們……」

「春希……」

真是個難以回答的話題。

這時電子鍋正好發出「嗶～～」的一聲，通知飯煮好了。
「喔，把飯盛一盛，準備其他碗筷吧。」
「嗯，ＯＫ～～」
話題中斷，彷彿宣告到此為止。
但這樣也好。對春希來說，這些話就跟抱怨沒兩樣，本來就不求隼人給出答案。光是隼人願意傾聽，春希就覺得輕鬆了些。於是她開開心心地準備餐具。
「啊……隼人～～義式蔬菜湯要用哪個碗來裝啊？」
「沒有適合的嗎？……大不了就用裝味噌湯的碗吧。」
「啊哈哈，感覺超不搭的。」
「還有，春希。」
「嗯？」
「雖然不清楚別人的想法如何……如果可以跟妳一起回月野瀨，我會很開心。」
隼人一手拿著飯杓盛飯，背對著春希說了這句話。
春希停下手邊動作。無意識地停了下來。
隼人若無其事說出的這番話沉沉落入她的心坎，讓她心裡一團亂。

「………是嗎？」

春希低著頭小聲回答。

要從正面看著隼人的臉，看來還需要一點時間。

「哥，小春！哎喲，你們居然在那邊打工，今天真的把我嚇死了啦！」

晚餐時間，姬子一見到他們就嘟起嘴不停抗議，看樣子似乎被朋友們問了不少。

但隼人和春希在打工的時候，發現一輝受到女孩們的提問攻勢時，姬子居然渾然忘我地盯著菜單和別桌的點心。

畢竟是姬子，就算被朋友吐槽，她一定還是會把大部分的注意力集中在那些事情上。所以隼人和春希互看一眼，並露出苦笑。

當姬子將晚餐送進嘴裡，氣鼓鼓的臉頰立刻恢復原狀。

「哇，這個很像味噌湯的料理很好吃耶！但感覺不像喝湯，比較像在吃湯！」

「啊、啊哈哈。小姬，那是義式蔬菜湯，義大利風味的蔬菜湯。」

「咦？啊、嗯，義式蔬菜湯嘛！我知道啊！……但為什麼用味噌湯的碗來裝？怎麼這麼沒品味啊，是不是哥的主意？」

「……沒有適合的餐具啊。」

雖然嘴上抱怨連連，這道菜似乎合她的胃口。

今天晚餐的主菜是薑蒜風味濃郁的甜辣醬燒豬排，以及將用番茄的酸味畫龍點睛的夏季蔬菜鮮味加以濃縮的義式蔬菜湯。

醬燒豬排雖然是重口味，搭配的高麗菜絲能讓口腔變得清爽，配飯吃也是一絕。

隼人和春希因為打工時沒吃東西，也一口接著一口。

「啊，對了。」

「怎麼了，姬子？」

三人津津有味地吃著晚餐時，姬子忽然喊了一聲，彷彿忽然想起什麼。

不知怎地，她的表情看起來很傷腦筋，緊皺眉頭。

「就是水上樂園啦，班上同學都說我應該跟你們一起去。」

「……不是她們對一輝有意思想跟來喔？」

「天曉得……為什麼呢？」

三人看著彼此，疑惑地歪著頭。

實在不明白那些女孩的意圖為何。

只見姬子帶著閃閃發亮的眼神說：「該去買泳裝了。」

# 第4話 哪會添麻煩

在暑假某個炎熱的日子。

這天姬子難得早起，隼人則在客廳裡被迫欣賞時裝秀。

「哥，這件如何？」

「啊～～那個，不錯啊。」

「討厭，這句話你剛才說過了！」

「妳罵我也沒用啊……」

隼人用有氣無力的口氣回答。

在他面前轉身展示的姬子穿著白色V領內搭配上水藍色細肩帶洋裝。前一套是合身的黑色T恤和黑色緊身褲，再前一套是完全露出肩膀的白色一字領上衣配寬褲。

每一套都是精緻的休閒風，為身材修長的姬子營造出成熟韻味，非常適合她。走在街上一定會吸引路人的目光吧。

但對隼人來說，這樣的姬子就只是親妹妹而已。每一套穿搭風格都很相似，他也說不出什麼評價，看到第三套時，他自然有些束手無策。

「算了啦，小姬，他可是隼人耶。妳怎麼會期待他說出細膩的評論呢？」

「唔，說得也是，他是哥嘛。」

「妳們真是……」

春希這麼說完便哈哈大笑地從走廊探出頭。

她跟姬子似乎都在煩惱要穿什麼，隼人不禁在心裡咒罵：「那妳們兩個選就好了，別來問我。」

「對了，隼人，我姑且問問，你覺得我這套怎麼樣？」

這次輪到春希積極地展示她的穿搭。

上半身是印有ＬＯＧＯ的透膚上衣，可以清楚看見內搭的黑色坦克背心，頭上戴著報童帽。只看這些的話，會讓隼人聯想到她過去在月野瀨時的男孩風打扮，但她下半身配上有好幾層的甜美蛋糕短裙。

這種兼具少年活潑感與少女俏麗感的奇妙失衡搭配，完美演繹出「春希的獨特魅力」。

當春希轉身的瞬間，短裙裙襬也跟著飄揚，露出大腿根部的淡藍色物體——於是隼人急忙將臉別向一旁。

「啊～那個，不錯啊。」

雖然剛剛也對妹妹說過這句話，但他的臉紅通通，跟剛才完全不同。

春希聳聳肩苦笑，不知道有沒有發現這件事。

「看吧，小姬，隼人就是這樣——」

「不，小春，哥剛才的反應，是因為不小心看到內褲了吧？」

「——咪呀！」

然而注意到隼人的視線後，姬子瞇起了眼。

春希慌張地壓住裙襬，一屁股坐到地上。

「就算是哥，不小心看到那種充滿夏日風情的清爽可愛款式，還是會……對吧？」

「…………無可奉告。」

「嗚嗚嗚～～！」

春希淚眼汪汪地窺探兩人的臉色，只見姬子露出傻眼的表情，隼人則用力地搔搔頭，連耳根子都紅了。這種顧慮的反應讓她覺得更丟臉了。

「啊～那個，時間來得及嗎？你們跟伊佐美約好了吧？」

「對、對對對對喔！那我們先走了！」

「哇，這麼晚了。走吧，小春。」

「……路上小心。」

「「好～～！」」

春希慶幸地走下隼人給的台階，跟姬子一起衝出家門。

目送兩人的背影離去後，隼人刻意嘆了一大口氣。

春希和姬子出門後，隼人馬上開始做家事。

他往窗外一看，只見盛夏豔陽綻放出金燦無比的光芒。

天氣真好。感覺今天外面也瀰漫著蒸騰的熱氣。

他打掃了客廳和廚房，將垃圾分類，還洗了衣服。

事項雖多，因為平常就有認真打掃，他沒花太多時間就做完家務回到房間。冷氣很強，感覺十分沁涼。

「……」

照理來說房內應該很舒適，隼人卻眉頭深鎖。

原因就是地上散落的各色女性衣物。

應該是春希剛才跟姬子一邊聊天一邊挑選的衣服吧。

「……真是的，幹嘛在我房間換衣服啊。」

隼人喃喃自語，看著散落一地的衣服，想起春希之前說的那句話——把衣服放在姬子的房間會搞混。

他嘆了口氣並搔搔頭，嘴裡碎唸著「至少折一折吧」，伸手拿起衣服。

女用襯衫、裙子、細肩帶背心。

風格各式各樣，有可愛款、成熟精緻款，甚至還有幾件尺度頗大的款式。每一件都是男孩子不可能穿的衣服。

不難想像這些衣服都很適合春希。

前陣子明明只有那些俗氣到不行的衣服——隼人發現這句話差點就要衝出口，又硬是把話吞了回去。

這時，他腦海中忽然閃過最近開始打工的事。

明明只做了幾次，轉眼間春希已經變成店裡的招牌了。

她活潑開朗地在外場穿梭，面帶微笑，以熟練技術及和藹態度待客的模樣，讓不分男女老少的所有人為之著迷。連日來的盛況應該不是隼人的錯覺，也不是因為暑假。

「……對了，伊織還說專程來看春希的本校學生變多了。」

白糕點鋪的制服非常可愛，原本在學校裡就經常有人討論。

一旦校內名人春希在這裡打工，自然會一傳十、十傳百。而且在這裡能看到的並不是學校裡那個溫柔婉約的優等生，而是此處絕無僅有的服務生模樣。

原本以為男性顧客增加只是自己多心了，實際上應該就是如此吧。大家口耳相傳後，有些學生似乎在暑假社團練習完後也會來光顧。

一想到他們看向春希的眼神，隼人胸口就莫名焦躁。

剛才那一幕也深深烙印在眼底。

「真是的，別穿那種馬上就會走光的短裙啦。要是——」

——要是被其他人看見怎麼辦？

這股念頭湧上心頭的同時，腦海也浮現春希最近的打扮。

去買手機時穿的那套清純可愛的夏日洋裝；去看電影時略帶心機又可愛的髮型和洋裝；還有在工作場合努力接待客人的服務生裝扮。

想起春希的多樣穿搭，隼人也聯想到某個人物。

知名女演員，田倉真央。

也就是春希的母親。

聽春希說出這個祕密後，雖然對春希有些愧疚，隼人去看了幾部田倉真央演出的戲劇和電影宣傳片。

不僅散發出妖豔性感的魅力，還分飾各種角色，存在感十足，難怪會掀起熱議。

——就跟春希一樣。

一想到這裡，隼人又像要否認這一點般用力搔搔頭。

於是他切換思緒，想到剛才的春希和姬子——卻又隨即搖搖頭，倒在床上。

「要去買泳裝啊……」

今天春希、姬子和伊佐美惠麻三個人好像要去挑泳裝。

前幾天姬子決定也要去水上樂園後，這個行程似乎就立刻拍板定案了。畢竟是女孩之間的話題，隼人完全聽不懂。

想當然耳，她們從一開始就沒打算讓隼人一起去，隼人確實有種被排擠的感覺。

他在床上翻了身。

隨後，他看到擺在書桌旁邊的運動背包，裡面放著春希的便服。看到那個背包理所當然地放在那兒——讓隼人皺起了眉。

「春希她……真的是女孩子吧？」

隼人說出了有些疑惑，卻又像在確認的這句話。

摸了才知道，她那頭長髮如細絹般絲滑柔順；碰了才知道，她那白皙肌膚柔嫩又帶有一絲甜香。只在隼人面前放鬆戒備的眼神，還有過去絕對不可能表現出的羞澀神情。最近隼人總會在這些無意的瞬間，感覺到自己和「春希」之間的差異。

這一切徹底擾亂了隼人的心神。

春希穿上泳裝，就意味著要把這些要素攤在外人眼前。

隼人雖然想看看，卻也有種不想讓其他人看見的占有欲，進而產生了嫉妒。他將這些不滿吞回去，並用力搔搔頭試圖掩飾。

他不知該怎麼處理自己的感情，總被耍得團團轉。

「啊～～可惡！…………嗯？」

即使如此，他覺得這種感覺也不壞。當他對自己的反應十分傻眼並咒罵時，書桌上的手機發出了來電通知。

『嗨，隼人，你在幹嘛？沒事做吧？我今天被惠麻拋棄了，隼人你也很閒吧？』

「伊織……我又不是時時刻刻都跟春希在一起。」

『根本沒有人提到二階堂啊。』

「………嘖！」

感覺被擺了一道。

隼人忍不住有些抗議地咂了嘴，手機另一頭就傳來「啊哈哈」的揶揄笑聲。所以隼人接下來說的話也帶了點賭氣的味道。

「你要幹嘛啦。」

『哎呀，我想約你出門啦，要不要一起去吃午餐～～？』

「午餐啊……」

其實他不太想去。不但要省下水上樂園的費用，會做飯的隼人也想盡可能靠自炊來節省餐費。冰箱裡快要過期的那些食材閃過他的腦海。

正當他努力思考該怎麼回絕時，伊織的下一句話讓他不得不感興趣。

『燒肉吃到飽，一小時888圓。』

「啥！」

『雖然部位有限，牛肉、白飯、泡菜、咖哩和冰淇淋都隨你吃。』

「吃這些居然千圓有找喔！」

正確來說，是「牛肉吃到飽」和「888圓」這兩個詞讓他不得不感興趣。

隼人也是食慾旺盛的男高中生，當然對肉類毫無抵抗力。

而且，說到在月野瀨可以盡情吃肉的燒肉或燒烤，就只有用陷阱捕到的山豬和鹿，偶爾還有獾。

提到外食，隼人只會想到附近公路休息站那些價錢稍貴的美食區。對他來說，燒肉、吃到飽和888圓的三連擊具備相當大的破壞力，讓他心神嚮往。他甚至已經能想像到嘴裡出現肉的香氣了。

『集合地點和時間是——』

「啊、啊啊……」

早已心癢難耐，聲音也因為興奮而變調的隼人，完全沒發現伊織在手機另一頭發出愉快的輕笑聲。

『不過，你的反應真的被一輝猜中了耶。』

然而聽到那個名字後，原本快樂的心情頓時沉了下來，讓他皺起眉頭。

他不是覺得討厭，但也不怎麼滿意，同時湧現一些想法。

「一輝？什麼意思啊？」

『他說「既然是姬子的哥哥隼人，你這樣說他一定會上鉤」。啊，一輝練完球也會來一起吃喔，拜拜！』

「喂，『既然是姬子的哥哥』這句話是什麼意……掛掉了……真是……」

心情有些難以言喻。

腦海忽然浮現平常懶散又不修邊幅的姬子，以及難以捉摸，總是笑容滿面的一輝——隼人搖搖頭，將兩人的身影趕出自己的意識。

他看了書桌上的時鐘，現在十點多，時間還很充裕。

他又稍稍挪動視線，就看見春希那個——就算移除兒時玩伴的偏心濾鏡，還是不得不承認款式很可愛的女孩運動背包。

隼人抓起一撮瀏海，眉頭緊蹙。

「……髮蠟在哪裡啊？」

他臉上帶著慍色，回想起前陣子被姬子打理造型的事，往盥洗室走去。

這次的集合地點是跟春希和姬子來過好幾次的市中心站前，卻不是以往常去的東口，而是西口。

東口以鳥的裝置藝術廣場為中心，四周幾乎都是KTV、電影院及專賣店等各種娛樂設施，西口則以辦公大樓和餐廳居多。明明是同一條街，卻呈現出截然不同的樣貌。

時值中午，與車站共構的百貨地下街傳來甜膩的氣息，街上也彌漫著陣陣美味的香氣。四處可見受到香氣誘惑走進店家的人，隼人也忍不住吞了口水。

由於是第一次來這個地方，他原本有些擔心能否順利和朋友會合，所幸只是杞人憂天。

「……那是怎樣？」

隼人不禁睜大雙眼喃喃自語。

他馬上就找到集合地點了。

正確來說，是一眼就看到相約碰面的其中一人——一輝站在那裡。他高挑的身材和爽朗帥氣的外表，在熙來攘往的人群中也十分醒目。

「咦~~有什麼關係嘛。」

「不行啦，而且我等等跟朋友有約了。」

「輝輝有『朋友』~~？呀哈，什麼意思啊，笑死人了~~！」

除了一輝之外，還有一個花枝招展的女孩在一旁和他親暱地聊天，所以更引人注目了。

周圍行經的路人都邊走邊盯著他們，隼人也是其中之一。

他對纏著一輝的那個女孩觀察了一番。

應該是同年，還是大他幾歲？身材苗條修長，五官立體，渾身散發成熟韻味。

將一頭淺色長髮紮成蓬鬆的高馬尾，服裝也是粉色針織棉上衣搭配牛仔熱褲，大幅裸露肌膚，整體感覺很花俏。

她也是那種位居班級金字塔頂端的人，但跟春希相反，換句話說就是活躍又陽光的群體，被稱為辣妹的那種女孩子。

（……我不太會應付這種人。）

隼人不禁皺起眉。

這種不可能在月野瀨看見的女孩子社交反應相當獨特。

她們總是說著隼人不熟悉的簡稱和單詞，動不動就笑鬧起來，笑點讓人摸不著頭緒。老實說，隼人真的不知道怎麼跟她們相處。

她和一輝互動時，兩人之間的距離也很近。

只見她不停觸碰一輝的身體，語氣親暱熟稔。是一輝的朋友嗎？

隼人拿出手機確認時間，發現離集合時間還有十五分鐘。

（……伊織也還沒到。一輝應該會在那之前把她打發走吧。）

隼人完全不想被牽扯其中，決定裝作不認識，放眼望向四周。

畢竟是車站前，來往行人很多。

比月野瀨全村人口還要多的人群頓時被吐出驗票閘口，又有另一群人被吸了進去，車站大樓簡直像生物在呼吸似的。

隼人看著洶湧的人流，一陣暈眩感莫名來襲，混雜的人群讓他暈頭轉向。

「…………！」

既然如此，就看看不會動的牆壁吧。將視線移向牆壁後，他看見一排櫥窗，裡頭展示著幾個穿著泳裝的假人模特兒。

『夏日就要獨占所有人的視線！』

『以海為背景就該穿上這件！』

『七月底前全館七折！』

櫥窗裡展示著這些廣告標語，應該是與車站共構的百貨公司櫃位吧。

春希的身影頓時閃過隼人的腦海，他便斂起表情。

接著他搖搖頭，又將視線轉向街坊。

「喔喔！」

隼人不禁喊出聲，他看見了各式各樣的招牌。

從拉麵、牛丼、咖哩、漢堡等隼人也聽過名字的連鎖店，到販售埃及、土耳其、越南等異國珍饈的店家都有，簡直五花八門。不僅是食慾，連好奇心也深受刺激。

（義式什錦披薩、印度香飯、西班牙番茄冷湯……這些菜名都有聽過耶，不知味道如何。呃，今天要吃的是燒肉，牛肉、牛肉、牛肉！）

隼人對牛肉頗為執著。

鄉下地方很少買賣牛肉，價格也不菲，能吃到的機會少之又少，頂多只有除夕當天吃吃壽喜燒而已。這麼夢幻的牛肉，居然可以隨意吃到飽。

（我想想，是不是要先吃鹽烤牛舌配檸檬片啊？再來是——）

「隼人！」

「——唔！一、一輝……」

一輝不知何時來到身旁，纏著他的那個女孩也跟著過來了。

隼人這才想到自己剛才喊出聲音，是因為這樣才被發現的嗎？

一輝的表情如釋重負，但嗓音裡帶了一絲譴責。

隼人也有些愧疚地說了聲「抱歉」，將視線別開，卻和那個女孩對上眼。

他在心裡大喊不妙，但已經來不及了。

看到隼人的反應後，女孩眨眨眼睛，隨後又瞇起了眼。

「哦～輝輝真的有『朋友』啊？上高中才認識的？」

「咦？呃，算是吧……喂！」

只見她迅速和隼人拉近距離，毫不客氣地用鼻子冷哼一聲，並用上下打量的視線看了過來。

隼人對她們這種人種（辣妹）的距離感很困擾。

他的臉頰僵硬，試圖拉開距離，女孩卻不當一回事，繼續侵門踏戶。

「輝輝的『朋友』啊……長得還可以啦，好好打扮的話應該可以跟你媲美吧？但髮型，不知該說俗氣還是只會做表面工夫，有種說不出的土味耶。」

「喔、喔……呃，那個，我、我是鄉下人，對這種事不太熟練。」

「噗噗，什麼鄉下人啊，笑死人了～～！……所以呢？」

「所以……………什麼意思？」

「你是不是要找女朋友，想追女孩子啊？畢竟輝輝很受歡迎嘛～～啊，還是你聽說過我跟輝輝的『傳聞』？真傷腦筋耶～～……所以呢，你的目的是什麼？」

「愛梨！」

這個問題太過失禮，一輝也忍不住大聲斥責。

但隼人完全聽不懂這位名叫「愛梨」的女孩在說什麼。

他平常就聽不懂她們這些人（辣妹）的語言了。

而且她還用一副隼人早該知情的態度繼續推進話題，這一點實在讓隼人吃不消。

然而隼人有點耿耿於懷，因為她的眼神非常認真。

簡直就像在保護一輝，也像在刺探隼人的本意。我會看狀況決定要不要讓你過我這一關

——隼人甚至能從她眼中感受到這股堅定的意志。

所以隼人微微歪著頭皺起眉，用有些不悅但充滿誠意的語氣說出今天來此的目的。

「我的目的是，呃，燒肉吃到飽。」

「…………………咦？」

「隼人……」

聽到隼人的回答，名叫愛梨的辣妹驚訝地瞪大了雙眼。

看見她的反應，隼人以為自己失言了，依舊眉頭緊蹙地向一輝確認。

「欸，一輝，我們是約12點20分在這裡集合吧？餐廳是『哞哞牛丸太郎』嗎？」

「啊、噢，是啊，沒錯……呃，愛梨！」

「……噗！呀哈哈哈哈哈哈哈哈！」

愛梨似乎忍不住了，直接捧腹大笑。

隼人越來越搞不清楚狀況，眉間的皺紋又增加了幾道。

但愛梨好像覺得隼人的反應非常好笑，於是眼眶含淚地再次看向他。

「咦？你真的是輝輝的『朋友』喔！而且還知道『那件事』？」

「我根本不知道妳說的『那件事』是什麼，而且他本人似乎也不想提。雖然我們是朋友，不過我對一輝沒有好奇到那種程度。」

「噗噗！什麼啦，太好笑了～～！輝輝，他講話超狠的耶！」

「……隼人就是這種人。」

看到一輝聳聳肩露出苦笑，愛梨說了句「是喔」並笑了笑。她臉上確實帶著笑容，卻隱含了隼人沒察覺的尖銳。

被她用這種表情直盯著看，隼人也覺得不太舒服。當隼人將不悅寫在臉上，愛梨笑裡藏的刀變得更加鋒利，用十分嚴肅的嗓音低語：

「呵呵，我還是第一次被人用這種眼神盯著看呢。」

「……被『初次見面』的人這麼厚臉皮地問東問西，就會露出這種眼神吧。」

「『初次見面』啊。嗯～……你不認識我嗎？」

「至少沒聽一輝這小子提過。」

聽到隼人冷漠的回答，愛梨露出愉悅至極的表情。

「你這個人很有趣耶！把聯絡方式告訴我！」

「咦？呃，還是免了吧。」

「愛梨，隼人不願意啦！」

「嗚哇，第一次被拒絕！笑死了～！別這麼說嘛，你叫隼人嗎——啊～煩死了！」

愛梨拿出手機的那一刻，手機就響起旋律輕快的鈴聲。

聽到鈴聲後，愛梨一臉嫌棄地發出「嗚呃」一聲。

「喂～什麼，要提早？那個，原本的預定時間是……不，可以是可以啦，不會，我現在可以馬上趕過去！」

她忽然氣勢洶洶地跟來電者聊了起來，用字遣詞卻跟剛才不同，非常有禮貌。隼人被這個反差嚇得目瞪口呆。

是打工之類的問題嗎？隼人正這麼想，一輝就扯了扯他的袖子。

「咦？啊，喂，一輝？」

「……別廢話。」

隼人用眼神問「可以把愛梨丟在這裡嗎」，一輝就苦笑著聳聳肩，把他帶到其他地方。

隼人也只能乖乖照辦。結果伊織帶著尷尬的笑容舉起一隻手，在目的地等著他們。

「伊織，你來了啊。剛剛怎麼不來幫忙啊？」

「呃，我哪有辦法。對了，那個女生是佐藤愛梨吧？」

「啊？連伊織都知道……是你們的朋友嗎？」

隼人有些賭氣地這麼說，伊織就誇張地搖搖頭，還聳了聳肩。

——佐藤愛梨。

從伊織口中聽到這個名字，他還是一點印象也沒有，至少班上沒有這號人物。

隼人疑惑地歪過頭，就聽到伊織和一輝發出傻眼的嘆息。

「你不知道嗎？佐藤愛梨是最近當紅的知名模特兒啊。惠麻也常參考她的時尚穿搭。」

「咦？模特兒！」

隼人不禁發出怪聲，嚇得瞪大雙眼，完全沒料到伊織會說出這句話。

經他這麼一說，確實可以理解。

說不定姬子之類的人就會知道。

儘管如此，隼人依然存有疑惑，尤其是她剛才那種眼神。

被隼人和伊織懷疑的目光盯著，一輝有些畏縮。他做了個長長的深呼吸，才放棄抵抗般輕輕舉起雙手。

「她是我朋友，應該說，是我前女友。」

「「………啥！」」

聽到一輝這句出乎意料的告白，隼人和伊織啞口無言地看著彼此。

在那之後，隼人一行人默默地往前走。

街上雜亂林立的某棟住商混合建築中，位於二樓的整層店面就是他們的目的地。

哞哞牛丸太郎是主打平價的燒肉連鎖店。

限時60分鐘雖短，平日午餐吃到飽只要８８８圓，對食慾旺盛的發育期男孩來說還是相當有魅力。由於時值暑假，除了隼人他們，也有很多類似的學生客人。

「……」

「……」

「……」

在其中一間包廂內，隼人他們只顧著烤肉、吃肉，全程沒說一句話。

隼人是基於想吃回本的使命感。

一輝是因為練完球飢腸轆轆。

伊織則是被兩人影響。

吃到飽餐廳就是戰場，甚至讓他們徹底忘了剛才的一輝「前女友」事件。

現場響起肉片油脂炙烤的滋滋聲。

偶爾從烤網滴落的油脂讓下方的火苗竄起來。

隨之而來的香氣瘋狂刺激著食慾。

雖然是便宜的肉，畢竟還是牛肉。烤網上當然沒有任何蔬菜，只有滿滿的肉片。他們完全把營養均衡四個字拋諸腦後，只顧著搶食烤好的肉。

拜熱氣、促進食慾的醬汁和白飯的加乘效果所賜，所有人的筷子都停不下來。

這裡是吃到飽餐廳，吃就是唯一的目的。然而60分鐘的時間出乎意料地短。

當三人努力吃到最後一刻，彼此之間也孕育出一種奇妙的連帶感——以及友情。

「唔唔，吃太撐了……但應該有回本吧……」

「我也被隼人影響，不小心吃太多了……」

「我走不動……感覺食物快從喉嚨跑出來了……但我一直想來試試看這家餐廳平日的午餐吃到飽。」

走出餐廳後，隼人一行人漫無目的地閒逛起來，當作促進消化。

大馬路兩旁有許多高樓林立，四處掛滿了招牌。

絕大多數是餐廳，也有居酒屋、小酒館和酒吧這些一看就跟隼人無緣的招牌。正因如此，他才覺得稀奇，忍不住東張西望。

這時，伊織開口向他搭話。

之所以沒把話題拋給一輝，是因為剛才的「前女友」事件留下的後遺症吧。

「等等要幹嘛？」

「嗯？」

「一開始的目的是達成了，但難得聚在一起，要不要去哪裡玩？」

「啊～～可以啊，不過……」

「不過？」

難得像這樣特地來到市中心，直接回家感覺有點可惜。而且回到家也是一個人待著，沒事可做。

所以他也贊成和伊織跟一輝出去玩，卻有個問題。

「我對這裡完全不熟，就算你問我要去哪裡玩，我也不曉得。」

「這倒是。」

伊織露出苦笑，彷彿同意他的說法。

隼人雖然來過好幾次，但都是事前確定好行程和地點，所以臨時找他去玩，他也沒什麼概念。

（對了，以前我跟春希也會漫無目的隨處玩啊……）

想起這段往事，隼人又吐槽自己「過去跟現在玩的種類又不一樣」。這時，一輝看著他的臉說：

「除了上次去的電影院和ＫＴＶ，電子遊藝場、保齡球館和棒球打擊場這些常見的娛樂設施，這裡基本上都有。我個人比較推薦Shine Spirits City，從這裡要走一小段路。」

「可以啊。那裡不只有很多店家，還有活動會場、水族館，連天文館都有。我跟惠麻也常去。」

「Shine Spirits City……我只有聽過名字耶。」

「我想想，那裡啊——」

Shine Spirits City——主要是購物商場，也集結了餐飲店、活動場廳、各種遊藝場和主題樂園等。換句話說，是一間複合式商業設施。

由於在月野瀨這種鄉下地方從來沒見過，即使聽了說明，隼人還是沒什麼概念。

見他疑惑地歪著頭，笑容滿面的一輝用調侃的語氣對他說：

「隼人，為了你跟二階堂同學的約會，勸你還是確認一下哪裡有哪些景點喔。有很多不錯的地點呢。」

「啥！就、就說我跟春希不是那種關係了！哦，你是不是跟剛才那個前女友去過，所以才這麼清楚啊！」

「喂，隼人！」

「啊……抱歉。」

聽到一輝調侃自己跟春希的關係，隼人不禁惱火，又提起前女友的話題試圖報復。這句話實在太輕率，被伊織罵了之後，隼人也低頭向一輝道歉。

一輝卻聳聳肩露出苦笑，似乎不以為意，兩人為他費心的舉動反而讓他有點不好意思。

隨後，他邁開步伐前往Shine Spirits City。

隼人和伊織互看一眼後急忙追上一輝的背影。在流動般往來的人群中，一輝緩緩說道：

「我跟她之間與其說交往，更像是互相利用的關係。現在想想，我們只是名義上交往，想要享受比旁人優越的感覺而已，真的爛透了。」

「一輝……？」

「所以我們把周遭的人耍得團團轉，升學之後，這段關係也解除（分手）了。雖然我查過Shine Spirits City的資料，到頭來還是沒去成。」

「…………」

一陣沉默瀰漫在三人之間。

擁擠的人潮喧鬧。

無從解讀一輝的表情。

隼人也難受地皺起臉。

（……真是的。）

隼人傻眼地嘆了口氣。他以前也被一輝耍過好幾次。

在這當中，他發現了一個簡單的道理。
一輝看似什麼都懂，卻只是個笨拙的傢伙。
——跟春希一模一樣。
於是隼人帶著有些煩悶的心情，往走在前方的一輝背後用力一拍。
「好痛！隼人……？」
「笨蛋。」
「…………啊。」
隼人一臉傻眼，帶著苦笑走在他身旁。一輝見狀，雙眼圓睜，眼睛有些濕潤。
伊織也追上前與他們並肩而行，開朗地咧嘴一笑。
「好，今天就來介紹我的私房景點吧。」
「交給你了，伊織。啊，麻煩別去太花錢的地方喔。」
「……哈哈，好主意！」
一輝也露出爽朗的笑容回應兩人，往目的地前進。
Shine Spirits City位於郊外，也因此以廣大的腹地面積著稱。

以60層樓高的地標大廈為中心，各式各樣的建築物層層堆疊般遍布，光是這些大樓就自成一幅街景了。

說到隼人所知的複合式商業設施，頂多只有月野瀨的農產直銷中心、地方特產店，或是包含美食區的公路休息站。超乎想像的巨大規模，讓他雙眼瞪得老大。

「這……太厲害了吧……」

「因為這裡什麼都有嘛，花一整天也逛不完，不管來幾次都覺得很有趣。」

「我、我問一下，這裡應該不會收入場費吧？」

「喂喂，如果要收費，就不會有人來逛街購物了啦。」

「說、說得也是。」

「哈哈，隼人跟姬子真的很像耶。嗯嗯，果然是兄妹。」

「閉嘴啦，一輝。而且跟姬子很像是什麼意思？」

由於是暑假期間，這裡擠滿了跟隼人他們一樣來Shine Spirits City玩樂的同輩年輕人。

其中女孩子的比例特別高。

而且她們似乎都往同一個方向前進。

隼人疑惑地歪著頭，伊織則恍然大悟般開口說道：

「啊啊，應該是女生會喜歡的活動吧。」

「活動？」

「這裡的廣場經常舉辦各種活動，偶爾也會上電視呢，說不定能看到藝人喔。要不要去看看？」

「藝人……」

聽了這句話，隼人不禁皺起眉頭。

——田倉真央。

腦海中浮現這位知名女演員，也就是春希母親的臉。

而且臉色難看的不只有隼人。

「啊哈哈，我不太想去耶……畢竟剛剛才見過愛梨嘛，那個……」

「啊～～原來如此。那就去其他地方吧。」

「……也是。」

於是隼人順著一輝的提議，從活動會場轉往其他方向走去。

◇◇◇

春希一行人來買泳裝的地點，正是Shine Spirits City的專賣店區。

從地下一樓到地上三樓有通道連接各棟樓，是迴廊型的購物商場。

「專賣店區」顧名思義，有豐富多樣的商家櫛比鱗次。因為時值夏季，各商家都在舉辦跟水上樂園或海邊相關的展售活動。

在專賣店區某間店內的春希尷尬地臉頰僵掉。

「小春，這件綁帶比基尼怎麼樣？機會難得，挑戰看看嘛！」

「泳、泳褲側邊只用繩子綁住！對我來說難度有點太高了……」

「惠麻學姊，妳覺得這件如何？端莊一點的款式很有成熟魅力，一定可以打中男朋友的心，讓他難以招架！我說真的！」

「啊、啊哈哈，是嗎？」

除了春希，伊佐美惠麻的臉頰也不斷抽動。姬子的情緒就是如此亢奮。

（不、不過，氣氛好像也挺好的嘛。）

在集合地點和伊佐美惠麻見面時，姬子一如往常展現出怕生的個性，顯得侷促不安。伊佐美惠麻看著姬子的眼神也不太友善。

但姬子被Shine Spirits City的規模嚇得啞口無言，變得很興奮。正好又聽見伊佐美惠麻隨口說了一句「我跟男朋友常來」，她的情緒就徹底解放了。

男朋友這個詞似乎格外觸動姬子的心，而且相當執著。

姬子還是這麼單純，讓伊佐美惠麻有些招架不住。

「（妳、妳幹嘛帶她過來啊！）」

「（要買泳裝的話，我覺得帶她一起來比較好……但、但我沒想到她會這麼興奮……對不起。）」

「（我不是這個意思……啊～～算了，她個性也不壞啦！）」

看著臉頰僵掉的伊佐美惠麻，春希回了個充滿歉意的苦笑。

「還有其他適合的款式耶，小春是這件，惠麻學姊是這件！」

「等等，這件整個屁股都會露出來耶！」

「這件的顏色雖然典雅，但有交叉綁帶設計……感覺也不錯啦，唔唔。」

姬子開口閉口都是「讓男朋友看看！」「男朋友一定會喜歡！」這些話，到了近乎煩人的地步，但她確實有眼光。

配上天真無邪的笑容和討喜的舉動，伊佐美惠麻也很難冷漠以對，只能一臉傷腦筋地笑了笑。

「啊！那間店是不是有馬甲的展售活動啊？好特別的款式喔！」

「等一下啦，小姬！把妳手上拿的放回去！」

「啊，真是來去如風的孩子……」

姬子迫不及待地拚命催促，雙腳不安分地動來動去。

春希和伊佐美惠麻互看一眼，皺起眉頭。

這時，伊佐美惠麻忽然一臉嚴肅地瞥了姬子一眼，並偷偷對春希耳語：

「我、我是站在二階堂同學這邊的喔。」

「啊、啊哈哈。」

春希對被姬子耍得團團轉的伊佐美惠麻尷尬一笑。

過了一會。

「大豐收耶，小春、惠麻學姊！」

「是啊，雖然猶豫了很久，最後有挑到很棒的款式。」

「啊、啊哈哈……」

不同於笑得有氣無力的春希，姬子顯得容光煥發，伊佐美惠麻臉上似乎也寫滿了喜悅。

選購泳裝的過程困難重重。

因為數量和種類繁雜，讓人不知從何挑起。

看著滿心歡喜地挑選泳裝的姬子和伊佐美惠麻，春希不寒而慄地想：「這就是女生購物的景象啊……」

她忽然想起之前和隼人一起去買手機的事。

（對了，隼人是因為不知道怎麼挑，才不辦手機的嗎？）

回想起這件事，春希便發出愉悅的輕笑聲。這時伊佐美惠麻開口問道：

「午餐怎麼辦？」

「嗯～～……」

看了時間，已經下午兩點多了，早就過了中午時間。

然而此刻的疲憊勝過了空腹感，春希居然一點也不餓。伊佐美惠麻似乎也有同感，於是兩人面面相覷。

這時，姬子突然疑惑地「嗯？」了一聲。

「怎麼了，小姬？」

「呃，我在看那裡有什麼……妳們看。」

姬子用眼神示意後，只見有群人正往某個方向走去，而且都是跟春希她們同輩的女孩。果不其然，姬子臉上滿是好奇，春希則發出「啊哈哈」的苦笑。

「那個方向是時鐘廣場，可能在舉辦什麼活動吧。」

「活動！」

姬子的眼神變得更閃亮了。

被這麼天真無邪的笑容不斷逼近，伊佐美惠麻有些畏縮，也只能說出「要不要去看看？」這句話。

Shine Spirits City的時鐘廣場是專賣店區內的一個開放式廣場，場內有一座大鐘地標。因為有地下一樓延伸至地上三樓的挑高設計，再加上不會受到天氣影響，這裡經常舉辦各式各樣的活動，電視媒體也常來取材攝影。

一看到時鐘廣場，姬子也興奮地大喊：「那個我有看過耶！」結果引來周遭人們的輕笑聲和注目，她才又縮起身子。

時鐘廣場擠滿了許多同輩女孩。

她們都對即將開場的活動感到興奮，交頭接耳地談論著。

架在舞台上的巨大螢幕顯示著熟悉的品牌ＬＯＧＯ。

「咦？是我們用的手機電信商耶。」

「姬子妳們也是用那一家啊。不過是什麼活動呢？」

「……看看應該不用錢吧。」

三人實在猜不出手機電信業和那群女孩有何關聯，百思不解，並有些客氣地退到角落。

然而某位裝扮華麗的少女登上舞台後，這個疑問也得到了解答。

『大家好～～！今天愛梨要展示相機功能超優的新機種，還會把愛梨的獨家修圖技巧教給大家喔～～！』

「哇！」震耳欲聾的尖銳歡呼聲響徹整座時鐘廣場。

春希被這過於驚人的巨大喝采聲嚇得渾身一震。

「小春，是愛梨耶，愛梨！哇，是本人，真的是本人耶！小春！」

「咦？真的假的？而且……她還要精修跟觀眾的合照……是、是抽選嗎！」

「噢，原來如此……」

不同於有些招架不住的春希，姬子和伊佐美惠麻早已興奮難耐。

前方出現發放號碼牌的工作人員。

佐藤愛梨是近幾個月嶄露頭角的讀者模特兒，連春希也略知一二。

印象中在姬子借給她的雜誌裡也經常出現佐藤愛梨的身影，想必很受歡迎吧。

話雖如此，春希對她的認知僅止於認得長相，不像她們兩個如此沉迷。

「那個，我覺得有點累，先到旁邊休息好了。小姬、伊佐美同學，妳們過去看看吧。」

「咦？小春不去嗎！」

「啊，二階堂同學——」

春希沒等她們回答就急忙離開現場。

臨走前她往舞台瞥了一眼，眼神有些僵硬。

來到只能隱約看到時鐘廣場的地方後，春希才深深嘆了口氣，將背靠上牆。

她對佐藤愛梨沒什麼想法。

但對「藝人」一詞有些心結。

（……………媽媽。）

她一隻手緊緊按在胸口，拚命壓抑某種即將湧上心頭的情緒。

前陣子才被母親冷落，此刻她無意間將手撫上被母親打的臉頰。

佐藤愛梨是模特兒。

她不是女演員，完全扯不上邊，應該也跟母親沒有交集。

但如果在這裡遇到媽媽——一想到這裡，春希就歸心似箭。

不知為何，在腦海中描繪出的歸處不是自己家，而是隼人住的那間公寓。

還理所當然地附帶上前迎接的隼人的身影。

「……呵呵！」

她覺得湧現出這種想法的自己很好笑，忍不住發出奇怪的笑聲。

前陣子媽媽忽然現身，她卻逃跑了。畢竟事發突然，自己也沒做好心理準備。假如現在見到媽媽，哪怕之後會被「痛斥」，她應該也能泰然自若地接受——正當她如此心想時。

「妳不去愛梨那裡看看嗎？」

「！」

「她在你們這個世代應該很受歡迎啊……但她的個性也很獨特就是了。」

「…………請問你是？」

忽然被人開口呼喚，春希嚇得肩膀一震。

春希抬頭看，一名年過三十、西裝筆挺、五官端正且身材修長的男人便映入眼簾。

周遭一個人也沒有。就算有，注意力也都聚焦在時鐘廣場那裡。

在這種狀況下，春希也提高警戒，又覺得不太對勁。

「喔，今天『再次』碰面算是偶然呢。那個，之前在醫院真是冒犯了。」

「…………啊。」

男子一臉傷腦筋，模樣滑稽地舉起雙手。

春希這才想起上次在醫院見過這個男人，讓她出乎意料。

但不論是當時或此刻，春希都不知道男人向自己搭話的理由。

春希目不轉睛地觀察他。

再次搜索記憶後，她還是對這個男人毫無印象，於是表情也自然緊繃起來。

「哈哈，別瞪我好嗎？浪費了妳那張難能可貴的可愛臉蛋。」

「……不好意思，我就是這種臉。如果你是想搭訕，恕我拒絕。」

「不不不，啊～～我啊，是這場活動的相關人士。」

「相關人士找我有何貴幹？」

「雖然妳現在也非常漂亮，但經過琢磨後一定會綻放出耀眼光彩，比那個舞台上的愛梨還耀眼。妳對演藝圈有沒有興趣？」

「……！不，完全沒有……！」

「啊啊，抱歉抱歉！這算是我的職業病啦。」

「麻煩你、去找、別人吧！」

春希的怒火越燒越旺，這個男人沒一處讓她覺得順眼。

不論是男人莫名輕浮的態度，還是唐突提起的話題，春希完全不想多加思考。

當春希毫不掩飾自己的怒氣，轉過身準備離開現場時，男人用帶刺的嗓音從背後喊住了她。

「——田倉真央。」

「！」

春希的肩膀一顫。

她回頭看，發現男人露出跟剛才截然不同的認真——不，是異常嚴肅的表情，及篤定的眼神緊盯著她。

春希的意識和情緒都大受震撼。

田倉真央——這個名字對春希有著相當特殊的意義。

這段祕密的關係她完全沒有對外公開，也不能這麼做。

所以春希無法理解眼前這個男人為何會當著自己的面說出那個名字。不，她其實猜得到原因，但她不願多想，腦中一片混亂。

春希慌亂至極，指甲深深嵌進緊握的掌心，幾乎要滲出血來。

她知道自己的思緒在急速冷卻。

耳朵、頭腦和內心都在大喊：快否定那個男人（田倉真央）的話。但她不知如何是好。就算拚命思考也找不出合適的答案，讓她滿心焦急，混亂的意識絲毫無法鎮定。

「妳是——」

儘管如此，在男人準備說出下一句話的瞬間，春希反射性地戴上深植心中的那個乖寶寶面具。

「怎麼了嗎？」

「——！」

她用文雅且清澈的嗓音這麼說。

現場的緊張氣氛轉眼間就被她改變了。

說出的話還帶著一股魄力，逼得男人以為這句話就像一無所知的純潔少女提出的疑問。

看到春希笑容滿面地微微歪著頭，男人也不禁屏息。

這就是讓見者為之著迷，長年培養的經驗打造而成的完美「偽裝」。

男人的意識、眼神都緊盯在春希身上，完全被她的氣勢震懾。

「那是一位女演員的名字吧？『我』對這方面不太熟悉……也沒興趣。那個，真不好意思。」

「………咦？啊、那個……」

春希也感到不解，不知道自己為何會戴上面具（變成這樣）。

儘管情緒混亂失控，唯獨意識異常冷靜清晰，自然而然就計算（演出）出可以全身而退的方法。

這麼滑稽的演技，連她自己都無話可說。

但她確實掌握了現場的氣氛。

「那我先告辭了。」

春希露出清純可人的笑靨，輕巧地轉過身準備離開。

她的動作流暢優雅，彷彿男人眼睜睜看著春希離開才是自然的發展，而男人也確實看得入迷。

「…………！啊，妳！」

當春希聽見男人回過神後朝自己背影喊話的那一刻，就用盡全力往前衝，這是出自本能的行為。

（————！）

腦中的思緒比剛才混亂，她拚命奔跑，想揮開讓她渾身顫慄的情感。

隨著眼前飛逝而過的景色，渴望、失意、恐懼與疏離感也沁入心坎。或許還有孤獨、悲嘆、「乖巧」的假象——以及曾經面對無數次，母親那彷彿看著礙眼、厭棄及麻煩之物的眼神，已經占據了腦海各處。

與隼人重逢後就與自己無緣的這些負面瘡疤，此刻又被強行揭露開來。

她應該早就習慣這些情緒的折磨了。

但她的心臟以前所未有的速度瘋狂跳動著。

大量冷汗如瀑布般流過她的背脊。

毫無血色的蒼白唇瓣因為過度緊咬，甚至滲出血絲。

（我、不要、孤零零一個人、不行、拜託、麻煩——！）

外人也能一眼看出她的狀況非比尋常吧。

而且還在人潮洶湧的商場中全力奔跑，一定會引來眾人的目光。

但現在的春希沒有心力用客觀的角度審視自己。

「春希！」

「……咦？」

一陣尖銳卻熟悉——此刻最想聽見的聲音，忽然竄進春希耳裡。

春希的意識頓時抽離，她停下腳步，回過神才發現手臂被人抓住了。

「怎麼了，發生什麼事了！」

「隼、人……？」

春希回頭一看，發現隼人氣喘吁吁地站在她身後。

為什麼？他怎麼會在這裡？

這個出乎意料且太過順利的發展，讓春希無法理解現況。

隼人盯著春希的眼神非常嚴肅，讓春希稍稍恢復了冷靜。

仔細一看，才發現一輝和伊織晚了幾步從隼人身後追上來。看來他們三個剛剛待在一起吧。

春希看著自己被抓住的手臂，再看看隼人的臉，發現他滿頭大汗。

「…………」

「啊哈哈，那個……」

春希發現隼人不顧他們倆，而是將自己擺在第一優先時，覺得有點開心。對如此欣喜的自己傻眼地笑了笑，春希的心情也和緩不少。

他們彼此相視。春希也知道自己剛才的反應不太正常。

春希覺得該解釋清楚，在嘴裡斟酌字詞，卻無法順利組織出完整的句子。

所以她只能一臉困擾，將此時內心的想法老實說出口。

「……我也搞不清楚。」

「…………啥？」

這時春希發現一件事，她動動鼻子嗅了嗅，皺著眉用賭氣的口吻說：

「燒肉的味道，太詐了吧。」

「啊～～呃，這是……」

「……呵呵。」

看著手足無措的隼人，春希還是皺著眉，卻露出淘氣的笑容。

Shine Spirits City還有另一個有別於時鐘廣場的戶外大型展示場。

除了商業博覽會、物產博覽會、動漫角色主題活動，同人誌售賣會也會在此舉辦。伊織看著展演公告，一臉嚴肅地低聲說著：「Cosplay啊……」

這裡位處偏僻，若沒有任何活動，就會像現在這樣空無一人，可說是避人耳目的絕佳休息地點。

「妳沒事吧？拿去。」

隼人將瓶裝茶遞給春希，並在她身旁坐下。

「啊，嗯，謝謝……咦？海童跟森同學呢？」

「去跟姬子和伊佐美同學會合了。那邊活動已經結束，所以他們要過來這裡。」

「……這樣啊。」

看樣子大家都在為自己著想。

兩人一句話也沒說，只是默默地喝著茶。

一陣高樓風「颯颯」地吹向為了遮蔭而栽種樹木的長椅區。

抬頭仰望天空，只見片片白雲流過天幕。

放眼望去，不見月野瀨的群木山巒，而是被冰冷的高樓及人工建築物團團包圍。

映入眼簾的光景和以往大不相同。

可是隼人跟以前一樣，默默陪在自己身邊。

——就像重逢後再次許下嶄新諾言的那天一樣。

春希偷偷瞥向隼人的側臉。

明明做出「想成為真正特別的存在」、「想讓自己變得更強」這種宣言，卻還是這般狼狽模樣，諸事不順。春希對這樣的自己感到窩囊，深深嘆了口氣。

「……嗯！」

春希彷彿下定決心，將茶一飲而盡，軟弱的心情也一併吞下肚。

隼人卻不給她機會。

「——跟田倉真央有關嗎？」

「嗯唔！咳、咳咳咳、唔咕噗……」

「對、對不起，我問得不是時候！」

「咳咳，沒、沒關係啦……」

突如其來的疑問讓春希不禁嗆到，她淚眼汪汪地瞪著隼人。

然而看到隼人憂心忡忡地盯著自己的眼眸，她又一臉尷尬地別開目光。

「春希……」

隼人眼中寫滿了對春希的擔憂。春希覺得開心，也有些抱歉。

春希懷著這股內疚的心情，吞吞吐吐地說起剛才的經過。

「……我也不知道是怎麼回事。剛才在佐藤愛梨的活動會場，有個人喊住了我，好像知道我和田倉真央之間的事。我覺得莫名其妙，所以……」

「原來如此……」

「啊哈哈，還是說不清楚。除了月野瀨的居民，應該沒幾個人知道我的存在，所以我當時腦袋一片空白，那個……」

這是春希毫無保留的真心話。她低下頭發出「啊哈哈」的乾笑聲。

她自己也覺得荒唐，但沒辦法好好解釋清楚。

她對那個人——甚至對母親都一無所知，不禁眉頭緊蹙。

「……我媽媽啊，是第二次昏倒住院了。」

「咦，隼人……？」

「那個，是沒有生命危險，但好像留下了後遺症。雖然不到連指尖都麻痺的程度，但變得不太靈活，現在也在努力復健中。」

「…………」

話題忽然變了。

而且是不能隨意對「他人」提及的內容。

春希瞪大雙眼抬頭看著隼人的臉，他的視線卻拋向某個遙遠的彼方。

隼人接下來說的話似乎稍稍加快了速度。

「我想復健結束後或許沒辦法像過去那樣正常生活，我一定會因為她忙得團團轉。但該說我完全不在乎嗎？那個，啊～～該怎麼說啦！」

「哇噗，隼人～～！」

隼人一口氣把話說完，將手搭上春希的頭亂揉一通，彷彿想藉此表達自己的心情。

春希對他突如其來的舉動表示抗議，他卻還是將臉別向一旁，用紅到耳際的羞紅臉龐故作冷漠地說：

「妳可以盡量給我添麻煩，但不要讓我擔心啦。」

「咦？啊……啊唔唔……」

這句話隱含了隼人真實的心情。

雖然跟春希剛才的解釋一樣雜亂無序，但在在都能感受到他的真心。

所以馬上就說進春希的心坎裡了。

春希再明白不過，胸口有種被填滿的充實感。

「……」

「……」

從隼人搭在頭上的掌心傳來熱度，實在太溫暖，讓春希冰封的心逐漸融化。這股熱度傳至身體各處，春希渾身都溫熱起來，直接接觸的頭頂甚至快要燒起來了。

但不知為何，她雖然喜悅，卻又帶了點羞澀，讓她不知該如何是好，身體不安分地動來動去。好想繼續沉浸在這股氣氛當中。

兩人都面紅耳赤地別開臉，只有掌心和頭依然貼在一起。這個畫面光想就覺得滑稽。

所以春希和隼人都笑了起來。

自孩提時代算起，這一幕在他們之間上演過無數次。

一如往常的互動讓氣氛和緩下來。

心情釋然後，春希用有些打趣、掩飾和撒嬌的口吻罵了：

「啊～～煩耶，隼人你又用對付妹妹（小姬）那一套來應付我。」

「……是啊。因為妳是隔年四月前出生的，我算大妳一歲。」

「囂張什麼……算了。但你不能對別人做這種事喔，會給人家『添麻煩』。」

「我才不會咧。因為春希，那個，對我來說就是春希啊。」

「啊哈，什麼意思啦。」

「……哪有什麼意思。」

瀰漫在兩人之間的氛圍變得更曖昧了，原本緊繃的表情也漸漸融化。胸口癢癢的，但感覺並不壞。

「小春～～！小春小春小春，妳聽我說，好酷喔，近距離耶，雖然沒被抽中，可是我第一次、跟真正的、藝人、握手耶！」

「「！」」

這時忽然傳來姬子興奮的聲音。

兩人急忙用最快的速度拉開距離，將臉別向一旁。

仔細一看，除了用力揮手的姬子，也能看見一輝、伊織和伊佐美惠麻的身影。看來他們已經順利會合，活動也結束了。

隼人搔搔頭站起身，並將手伸向春希。

「我們也過去吧。」

「……嗯。」

春希露出孩子般純真的笑容，牽起了他的手。

中場休息

# 遙望明月，全心歌頌

日暮時分，白天的熱氣已經緩和下來了。

座落在月野瀨半山腰的古老神殿漸漸被染上茜紅色。

月野瀨神社的歷史相當悠久，這座神殿也是建於江戶時代，至今仍保留了當時的風貌。

社務所後方緊鄰一棟風格截然不同的現代式民房。廚房裡的沙紀表情彷彿正在穿針引線那般專注。

「醬油四大匙，味霖四大匙，米酒四大匙，砂糖四大匙…………！」

不只表情嚴肅，連手的動作都因緊張而僵硬，將精準測量好的調味料放入鍋中。

鍋裡散發的溫暖香氣竄入鼻腔，沙紀的嘴角也緩緩上揚。

「不必量得那麼精準啦～～這樣很花時間耶～～」

「沒、沒關係啦，媽媽妳不要插嘴～～！」

「好好好，妳忘記放內蓋了喔～～」

中場休息
遙望明月，全心歌頌

「！我、我現在正要放啦～～！」

被媽媽提醒後，沙紀才急忙往鍋裡放入木蓋。

沙紀在媽媽監督下製作的菜餚正是馬鈴薯燉肉。

將肉絲用油炒過後，放入滾刀切成大塊的馬鈴薯、紅蘿蔔及洋蔥絲繼續拌炒，接著加入高湯和調味料，再放點白蒟蒻絲，撈掉雜質浮沫後燉煮即成。

這是很常見的家常菜之一，隼人一定也這麼認為吧。

（唔唔唔……會成功嗎？）

她想先規規矩矩按照食譜的步驟走，不想隨便冒險。

最近沙紀經常像這樣負責晚餐的一道菜，畢竟她明年升上高中後就要離開村子了。

這在月野瀨是常有的事。離村子最近的高中單程也得花上兩個小時，所以大多數人都會選擇離鄉。到時候她會依照慣例選擇有宿舍的學校，不必擔心伙食問題，只是……

（我、我想讓廚藝進步到可以幫忙的程度嘛～～！）

動機就是春希。

她覺得老是麻煩別人做飯有點不好意思，所以最近很積極地跟隼人和未萌學習。

以往春希頂多負責切菜、剝皮，或是幫忙拿調味料和道具等工作，現在似乎會讓她做一些簡單的料理了。

想像那個畫面後，沙紀覺得有點——不，其實她非常嫉妒。

就算知道這一點無法改變，一歲的年齡差距實在讓沙紀心煩。

她看著發出咕嘟聲的內蓋，開始在意最終成果如何。

會成功嗎？隼人會覺得好吃嗎？說起來，他到底喜歡哪種口味呢？

「男孩子應該都喜歡重口味的下飯菜吧？隼人之前在殺豬後的燒烤大會上，都把沾滿醬汁的肉片放在飯上喔～～」

「！媽～～！」

聽到母親宛如看穿心思的這番吐槽，沙紀立刻提出抗議。

晚餐後。

由於夏日祭典將近，沙紀每天都會練習神樂舞。

但今天的練習顯得無精打采。

「媽媽真討厭，怎麼不告訴我肉要先處理啊～～！」

練習完淋浴沖去一身汗水後，沙紀毫不掩飾怒氣，唸唸有詞地在走廊上大步走著。

原因就出在馬鈴薯燉肉，山豬肉吃起來有點腥味。

「還說什麼『山豬肉一定要先用米酒和辛香料去腥』啊～～！」

沙紀找的網路食譜中並沒有寫到如何處理腥味較重的山豬肉。說起來，考量到市面上流通的肉類，根本不會設想到使用山豬肉的情況吧。

完全是沙紀的母親用山豬肉代替豬肉的陷阱。這在月野瀨算是相當常見的圈套。

順帶一提，被媽媽調侃：「幸好在煮給隼人吃之前就發現了～～」沙紀更是鬧起脾氣，抗議道：「就說不是了！」

「…………啊。」

回到房間，沙紀看到放在床上的手機收到通知，似乎是群組有新訊息。

今天又會出現什麼話題呢？

今天隼人做了些什麼呢？

今天——隼人和春希之間應該沒擦出什麼火花吧？

剛才對母親的怒火早已被她拋諸腦後，期待、不安與羨慕等思緒在腦海中飛竄，讓她猶豫該不該點開螢幕。

端正地跪坐在床上，沙紀雙手捧著手機放在胸前，做了個深呼吸。

「好！……………………嗯嗯嗯？」

鼓起勇氣看了歷史訊息後，沙紀頓時懷疑起自己的雙眼，以為手機出了什麼問題。因為全都是姬子的瘋狂洗版訊息。

『親眼看到藝人。』『離本人超近。』『在電視上看過的地方。』『第一次看到攝影機，好大台喔。』『可能有拍到我耶。』『應該穿更上相的衣服。』『全都是哥的錯。』

從字面上來看，應該是她去的那個地方舉辦了活動，而她親眼看見藝人了。所以她開心得不得了，不斷在群組表達她有多興奮。

看到好朋友姬子「一如往常」的亢奮模樣，沙紀輕笑出聲，緊繃的臉頰也漸漸放鬆。

沙紀往下滑到最新訊息，話題已經完全改變，但姬子還是一樣氣勢洶洶。然而反應激烈的人不只她一個。

『好奸詐，好奸詐好奸詐好～～奸～～詐～～！哥居然一個人去吃燒肉，太詐了吧！里肌肉、牛五花、牛舌、牛～～肚～～！』

『居然吃了……橫膈膜、板腱、臀肉……隼人居然吃了……受本能驅使去吃了……』

『那已經不是肚子很撐的概念，是挑戰極限了。不但有時間限制，還要擬定戰略，最重要的是——妳們會在意體重和復胖這些問題啊，哪能說去就去。』

『『唔咿咿咿……！』』

三人像平常那樣拌起嘴。

沙紀看得出來，姬子和春希並不是因為自己也想吃燒肉或是想罵隼人，而是在對獨自去吃到飽餐廳的隼人鬧脾氣和「撒嬌」而已。隼人應該也看出其中端倪了吧。

過去在月野瀨時，沙紀都羨慕地遙望著他們鬥嘴的模樣，總是期盼自己也能加入他們的話題。

她好羨慕春希。

好羨慕春希跟兩人重逢後，就能像她的好朋友——也就是與隼人最親近的妹妹姬子一樣，和隼人如此親暱。

不採取行動的話，情況只會一成不變——沙紀深知這個道理，也明白自己必須更積極。

於是她深深嘆了口氣，在胸前握緊拳頭，彷彿下定決心。

『晚安。哥哥，你去吃燒肉啦？還瞞著小姬和春希姊姊。』

『村、村尾！』

『啊～～沙紀！哥居然瞞著我們去燒肉吃到飽餐廳，吃到飽耶！完全沒告訴我們喔！是不是很過分！』

『而且還用「會復胖～～」「小心皮下脂肪～～」這種話威脅我們！』

沙紀膽顫心驚地打出了有些壞心的回覆。

雖然擔心要是被隼人討厭該怎麼辦，但姬子和春希紛紛搭腔，隼人也喊出了類似不滿的責問。面對沙紀不同以往的吐槽，隼人表現得有些驚慌。

他的反應有點好笑，讓沙紀有種「年紀比我大卻這麼可愛」的感覺。正因為他們彼此交心，才能如沙紀所料聊得百無禁忌，讓她嚮往不已。

沙紀嘴角上揚，內心一陣騷動。所以她帶著部分期許在聊天室發聲。

『那壞心的哥哥回月野瀨之後，在烤肉大會時要一直幫我們烤肉當作賠罪喔。』

她興奮地等待隼人的回覆。

過去的沙紀絕對不可能說出這種話吧。對沙紀來說，這個提議相當大膽。

『哇啊，烤肉大會！我想吃肉串，要刷滿醬汁那種！還要吃甜甜辣辣的特製豬肋排！』

『我想吃塞滿香草的烤全雞！啊，對了，隼人之前有說過生火的小訣竅吧，我一直很好奇耶！』

『姬子，那個很費工耶……知道了啦，不要跳來跳去，吵到樓下會被鄰居罵！』

姬子的心情頓時好轉。

看到好友還是這麼單純，沙紀「啊哈哈」地苦笑。同時難解的思緒也浮上心頭，她一時之間沒能理解。

但本能告訴自己絕不能忽視這個感覺。

在沙紀釐清思緒之前，春希就把答案告訴她了。

『對了，沙紀，我也想回去月野瀨一趟，到時候要勞煩妳費心嘍。』

「……啊。」

她拿著手機，不由自主地發出驚呼。

「二階堂春希」要來月野瀨——這句話充滿了春希的決心。儘管會招來好奇和感興趣的無情目光與冷言冷語，她還是要來一趟。

『……春希也要去嗎？』

『哇啊，小春也要去！那我們一起去挑祭典要穿的浴衣吧！』

『嗯嗯，機會難得嘛。浴衣啊，嗯，可以去看看。』

『呵呵，那我就要卯足全力好好招待嘍。』

她能明確感受到春希的內心某處變得堅強許多。

沙紀的心跳亂了節奏，甚至害怕會被聊天室另一頭的他們聽見。看來沙紀比自己想像中還要震撼。

『那關於具體的日期，祭典是在——』

為了不被他們察覺，沙紀連忙將話題帶開。所幸霧島兄妹立刻就跟上話題，轉而聊起要怎麼打掃閒置已久的月野瀨老家，讓沙紀安心地鬆了口氣。

然而收到一則私人訊息後，沙紀心中的動搖又加劇了。

『去月野瀨之後，我想跟妳談談。』

訊息中並沒有說要談什麼，但沙紀馬上就能猜到她的意圖。

沙紀的腦中頓時一片空白。這天她沒能回覆春希傳來的訊息，只是靜靜地遙望著皎潔明月。

# 第5話 童年的心意畫下休止符

時間來到隼人一行人去水上樂園的日子。

這天是萬里無雲的豔陽天。

小路園。

這就是今天的目的地。正確來說，是國內少數規模龐大的小路園遊樂園附設的水上樂園，僅於夏季開放營業。

園內有孩童專用的淺池、水深超過三公尺無法觸地的深水池、漂漂河，還有人工造浪池，各式各樣的水池一應俱全。

最受矚目的則是宛如管線眾多的工地，又像要塞般巨大的滑水道設施。隼人一行人一走出車站，立刻被其威容嚇得啞口無言。

「「好酷……！」」

這是在月野瀨絕對看不到的巨大娛樂設施。

看到如此驚人的設施，自然會大受震撼。隼人和姬子都目瞪口呆，眼中帶著充滿期盼的閃耀光芒。

「哥，我要滑那個！全部都要！五個種類我要全部征服！還有繞圈圈的！轉來轉去！我都要玩！」

「冷、冷靜點，姬子！還可以在人工造浪池逆向游泳，坐泳圈隨著漂漂河漂浮啊。」

「哇、哇哇哇、哇～～感覺也不錯！怎怎怎怎怎怎麼辦啦，哥～～！我們到底要玩什麼才好！」

「乾脆全部玩一輪不就好了！」

「「——！？！？！？！？」」

情緒激動的春希也加入了霧島兄妹的話題。

順帶一提，看到興奮無比的隼人和姬子後，一輝與伊織看著彼此聳了聳肩，伊佐美惠麻則低聲說道：「……他們兩個真的是親兄妹耶。」

「雖然要額外付費，好像也有軌道俯衝類型的設施耶！嗯嗯，這樣不會游泳的人也能玩得很盡興吧？對吧？」

看到春希拚命解釋的模樣，隼人和姬子忽然理解箇中緣由，立刻轉為充滿慈愛的表情。

「是啊，春希。這樣就不會被人發現妳是旱鴨子這種丟臉的事，可以盡情玩樂了。」

「別擔心啦，春希，就只是不會游泳嘛。頂多是到比較深的水池或非游泳不可的地方會被大家排擠。那個，雖然我們是在山裡長大也是會游泳就是了……」

「丟、丟臉！被排擠！唔、唔唔唔……！」

春希因為羞恥和懊悔而皺起臉，大家也紛紛笑了。

盛夏的陽光綻放金燦光輝，看來今天的氣溫也會逐漸攀升吧。

一行人立刻買票進場後，分別進入男女更衣室。

女孩子換起衣服還是得比男孩子多花一點時間。

經常被迫等待姬子的隼人平常只會心生不滿，今天卻被映入眼簾的景象樂得滿心雀躍。

「哇，再看一次還是覺得很厲害……！」

這座規模大於蓄水池，甚至堪比小型水壩的水上樂園，全是為了休閒娛樂打造的設施。有許多和他們相同的年輕人來訪，盡情享受玩水的樂趣。

感受到大家愉快玩耍的氣氛後，隼人的情緒也更加高漲了。

這時，心情同樣亢奮的伊織「嘿嘿」笑了，並拍拍隼人的肩。

「很厲害吧，隼人。」
「是啊，這裡不僅人多，引人注目的東西也很多。」
「沒錯！大大小小應有盡有，忍不住就想把目光移過去呢，唔呵呵……！」
「…………伊織？」
聽到伊織火熱又帶點下流的笑聲後，隼人疑惑地往旁邊看去，只見伊織露出了色瞇瞇的笑容。
隼人不解地歪著頭，伊織便用眼神示意某個方向。
「那群女生很有看頭呢，任君挑選喔。」
「——！！？！？」
「哎呀，真是棒呆了！是女大學生嗎？該怎麼說，有種在同輩身上看不到的性感韻味，還有成熟的豐潤飽滿……唔呵呵，真受不了。」
「喂，你這傢伙！」
伊織的視線落在女人的胸口——胸部上頭。
隼人頓時覺得血液直衝腦門，急忙別開目光，但不管轉向何處，都會看見令人目眩神迷的膚色。

想當然耳，這裡是水上樂園，周遭的人全都穿著泳裝。只有一片薄博的布料蔽體，身材曲線一覽無遺。

除了大小不一的胸部，看到大家毫不吝嗇地露出小蠻腰、臀部和大腿，隼人發現自己的臉頰發燙，不禁慌亂起來。

「喂喂，隼人，你這反應對淑女們太失禮了喔。」

「不不不，說什麼失禮啊。伊織，你真的是……」

「喏，你仔細想想，這裡是水上樂園喔。她們當然知道會招來其他人的目光，卻還是來了，就代表我們可以正大光明地看啊……不，應該說她們就是為了讓大家欣賞才來的！」

「你、你說什麼！」

隼人大受震撼，彷彿後腦杓忽然被人猛敲一記。

於是他偷偷看向四周，接著恍然大悟，覺得伊織的話確實有道理。

穿著泳裝的女孩們臉上都充滿了自信。

明明布料面積跟內衣褲沒兩樣，卻沒有人表現出羞恥或畏縮。

或許就是為了這一天才努力鍛鍊身材吧。

他想起春希和姬子也是拚盡全力在減肥。

「那個，我今天是跟朋友一起來的——隼人、伊織！」

「咦～～有什麼關係，那就邀你的朋友一起玩啊，對吧？」

「我們也對你的朋友很好奇呢～～欸欸，他們長什麼樣子啊？」

「等等、喂，一輝！」

一輝傷透腦筋地嚷嚷著走了過來。

他立刻躲到隼人和伊織身後，想拿兩人當擋箭牌，伊織卻動作靈巧地逃離現場，只剩隼人被留在原地。

一輝後頭跟著兩名打扮花俏，年紀稍長的女孩子。

只是稍微分神，他似乎就被女孩子搭訕了。

隼人看了她們一眼，五官和身材比例都相當完美。或許是對自己充滿自信，她們一副理所當然的態度。站在稍遠處的伊織也忍不住吹了口哨。

這個需要做足事前準備和心理準備的水上樂園，在某種意義上算是女人的戰場吧。她們的表現儼然就是戰士，也是獵人。

「哦，不錯嘛。你們幾歲啊？長得好可愛喔。」

「哇，這孩子的身材也很讚！我喜歡肌肉～～！」

「！」

隼人不太會應付這種人。

看到她們宛如鎖定獵物的視線，隼人皺起眉頭，惱怒地瞪向一輝。

一輝滿臉愧疚地將一隻手舉到眼前表示歉意，隼人便嘆了口氣。正當他不知所措地搔著頭時——

「哇、哇、哇，快看快看，小春、惠麻學姊！是女追男耶！女追男！哇、哇，真的有這種事！而且一輝學長，你真的很受歡迎耶！」

「「「！」」」

姬子出現了。

在她身後的是有些不滿和傻眼的春希及伊佐美惠麻。

可能是親眼見識到女生在水上樂園倒追男生的場面，姬子的嗓音比平常興奮洪亮，還指著當事人拚命向四周宣傳，老實說有些煩人。

「怎怎怎怎怎麼辦啊，一輝學長！你是被女生倒追了嗎？要被帶出場了嗎？哪一個才是你的菜啊，呀————！！？！」

「啊、啊～～那個，不好意思，打擾你跟朋友相處的時間了。」

「對、對啊，我們就不奉陪了，再、再見……！」

「哈、哈哈，姬子……」

這兩個打扮花俏的女孩子看到姬子、春希和伊佐美惠麻後，立刻逃也似的離開現場。

不過這也難怪，畢竟三人都是水準一流的美少女。

姬子穿著粉彩色系的垂墜式比基尼，胸前的荷葉邊和緞帶設計是一大亮點，非常適合身形纖瘦的她。挑選這套泳裝，想必是為了補足身材的弱點吧。

伊佐美惠麻那經過社團訓練的緊實健美身材，包覆在黑色的兩件式泳裝下，呈現出比以往更成熟的風情。連伊織都不禁看得入迷，完全說不出話。

春希則穿著款式簡約的綁帶式比基尼，下半身採用略為大膽的繩結設計，顏色也是可愛但帶有心機的粉紅色，完全符合春希的風格。那頭長髮今天也綁成一束三股辮，隼人看了不禁嚥了口水。

春希似乎對這身裝扮相當害羞，動作忸怩地將雙手手指纏在一起，小心翼翼地抬起視線向隼人問道：

「好、好看嗎？」

「很可愛。」

「「……！」」

隼人和春希立刻變得面紅耳赤。

這句讚美冷不防就脫口而出，但這根本不像「男性友人」會說的話。隼人雖然急忙開口辯解——

「啊，呃，那個，剛剛那句話當我沒說——」

「…………我很高興。」

「——還是當我說了吧……」

「……嗯。」

兩人的臉越來越紅了。

他們不知該如何反應，動作忸怩，眼神也閃爍不定，舉止變得相當可疑。

心臟如擂鼓般急速跳動，甚至讓人隱隱作痛，頭腦也像發燒一樣呆滯恍惚。但隼人覺得這種感覺挺好的，讓他內心相當困惑。

「隼、隼人，救命——」

「你是第一次被女生搭訕嗎？還是經常碰到？有跟著走或被帶走過嗎？你喜歡什麼樣的——啊，等一下啦～～！」

聽到一輝比剛才悲慘的聲音，他們才回過神來。看來是被姬子纏著問東問西才會哀號求救吧。隼人和春希互看一眼，露出傻眼的笑容。

「我們走吧，隼人。」

「好。」

隼人一臉無奈，自然而然就朝春希伸出手——卻撲了個空。

「……隼人？」

「！啊、啊啊，我馬上過去。」

春希早就往其他人那裡走去。從她超越自己走在前方的背影能看見依舊羞紅的耳際。

隼人盯著伸出的手一會，之後直接用那隻手搔搔頭，朝著姬子和一輝走去。

這個水上樂園的重點設施，就是這座擁有多條水道的巨大滑水道。

舉凡直線、曲線、迴轉型和螺旋型，複雜奇特的種類應有盡有。

這裡大排長龍，水道中也不斷傳出「呀啊啊啊！」和「唔喔喔喔喔！」等尖叫和低吼聲。春希和姬子也興奮愉快地高聲討論，完全不輸其他遊客。

「小姬、隼人，剛才那個好厲害喔！先轉來轉去～～又沉下去～～然後還嗚哇～～滑下去！」

「好想再玩一次，又想玩其他水道！等等我想玩那個坐在泳圈上滑下來，橫渡神川的凱爾派水道！」

「春希、姬子，妳們是想滑幾次啊……」

隼人一行人會合後，以姬子領軍的形式直攻滑水道。六個人已經結伴在這裡繞了又繞，由於實在太多次，超過五次以後隼人就懶得算了。

大大小小各式各樣的滑水道，即使是不會游泳的旱鴨子春希也玩得很盡興，姬子的反應也很亢奮。

順著水流往下衝的滑水道速度極快，非常刺激。好玩歸好玩，也會消耗不少體力。

看這兩個女孩依舊容光煥發，完全沒有要停下來的意思，隼人不禁嘆了口氣。這時，一輝帶著愉悅的微笑向他搭話。

「不過隼人，難得是一票玩到底的機制，不多滑幾次回本就虧大嘍。」

「唔，這倒是……」

回本——聽到這句話，隼人臉色驟變，簡直像身負使命感的武士。

看著隼人走向春希和姬子的背影，一輝又露出燦爛的笑容。

「姬子、春希，等一下要玩哪一個？」

「啊，哥，我覺得那個凱爾派水道不錯——就是要坐在泳圈？還是充氣艇上滑的那個水道。不過……」

「不但是必玩設施，因為穿著泳裝，可以直接淋水又能衝進水裡，玩法非常豐富，感覺超好玩的，只是要雙人共乘……」

「嗯？有什麼問題嗎？」

隼人意氣風發地上前搭話，然而她們剛才的興奮之情頓時消散，回答得支支吾吾。見隼人疑惑地歪著頭，春希和姬子便面帶苦笑，同時將視線移到某個地方。

「……喏，你看。」

「…………原來如此。」

三人的視線前方是緊張到全身僵硬的伊織和伊佐美惠麻。

兩人都面紅耳赤地將臉轉向旁邊，不是牽著手，只是用食指互相勾著。不過這麼做應該更害羞吧。

伊織平常在教室裡的表現總是無懈可擊、善於迎合，伊佐美惠麻也給人開朗活潑的印象，完全無法想像會出現如此青澀的模樣，可說是標準的剛交往的情侶。

順帶一提，一開始他們還沒有互勾手指。

是被姬子拚命鼓吹：「你們是情侶吧是戀人吧在交往吧，別在意我們的眼光，盡情恩愛啊，來來來！」才會變成這樣。

「……」

「……」

伊織和伊佐美惠麻意識彼此的存在，動作有些僵硬。

看來這就是今天邀請隼人他們來水上樂園的理由。

雖然是從兒時玩伴升級成情侶關係，兩人對彼此卻一知半解，單獨相處時似乎就會像這樣緊張不已。

注意到隼人和春希等人的視線後，伊織皺起眉頭小心翼翼地問：

「請、請問，等等要玩那個凱爾派水道嗎？那是，呃……」

「要雙人共乘緊緊相貼吧？嗯嗯，很適合你們這對情侶啊。」

「呃，是沒錯啦，那個，但對我跟惠麻來說還太早了吧……」

「啊哈哈，你在說什麼啊。這反而是讓感情升溫的大好機會啊。」

「隼、隼人，你這傢伙……！」

伊織的臉越來越紅，隼人的表情也越來越慈祥，像是在看可愛的小東西。

其實另外三個人也用溫柔的眼神在一旁觀望這對青澀小情侶。

凱爾派水道是需要乘坐專用泳圈的人氣設施。

要跨坐在模擬馬背形狀的泳圈上，最多只能兩人乘坐。到處都是緊貼著玩滑水道的甜蜜情侶。

「哎呀，哥，不要調侃他們啦！我們好不容易才討論好要怎麼分組耶！來，惠麻學姊，不要害羞啦，嗯？」

「咦？等等，姬子！」

「喔，抱歉。好了，伊織，跟伊佐美同學玩得開心點喔。」

「喂，隼人！」

把隼人（哥哥）訓了一頓的姬子（妹妹）急忙推著伊佐美惠麻的背走向搭乘口。隼人也有樣學樣地推著伊織的背。

對倉皇無措的情侶多管閒事的霧島兄妹表情變得清爽無比，彷彿成就了什麼好事。

看著隼人和姬子的舉動，春希一臉尷尬地傻在原地，一輝的笑容也變得更加燦爛，在一旁靜靜觀望。

「欸欸，隼人，這泳圈可以一個人坐嗎？」

「啊哈哈，後面排了這麼多人，怎麼能做這種事啊？」

「唔……那隼人也跟二階堂一起坐，體會一下尷尬的滋味吧！」

「什麼！」

「咪呀！」

伊織拋出這句話，想要稍微報一箭之仇。這次換隼人和春希滿臉通紅了。

他們看著彼此，將視線移向凱爾派水道，就看見一對情侶，男友從女友身後緊緊環抱。

若依照現在不同於以往的體格差距，隼人一定可以將春希收進臂彎裡。

「…………」

「…………」

如果在雙方都穿著泳衣的情況下緊貼，大部分的肌膚都會互相貼合。光想像那一幕就讓人血氣上湧了。

裸露肌膚和互相觸碰的感覺不一樣，其中的意義已經完全超越牽手的程度。

他們終於理解伊織和伊佐美惠麻為什麼會猶豫不前了。

「那個有點，太那個了啦……」

「對、對啊，那個很那個耶……」

隼人看著忸忸怩怩地交握手指的春希。

如陶瓷般晶瑩透亮的白皙肌膚，不同於男子的柔嫩軀體，以及楚楚可憐的臉蛋。

就算不用兒時玩伴的偏袒眼光來看，明顯也是水準超越凡人的極品美貌。

隼人確實很想觸碰，也想將她擁進懷裡，但這絕對不是面對「朋友」該有的心思。隼人無法忽視這股情緒，下意識地嚥了口水。

「…………沙紀……」

「……春希？」

春希的臉上忽然蒙上一層陰影，嘴裡唸唸有詞，但隼人的心跳太過劇烈，沒能聽清楚。

「隼人，如果不想和二階堂同學一起坐，那就找姬子啊。」

「咦咦～～我跟哥嗎～～？」

「「！」」

被一輝語帶調侃地喊了一聲，隼人才回過神來。姬子卻板著一張臉。

「我、我不是不想啦，呃，只是有點那個而已！」

「對、對啊，很那個耶！要是我跟隼人一組，小姬不就得跟海童一組了嗎！我們走吧，小姬！」
「啊～～嗯，說得也是。跟哥的朋友一起坐，還是滿尷尬的耶～～」
「哎呀呀，我被姬子拋棄了。」
春希慌張地拉起姬子的手，一輝則開玩笑似的聳聳肩，好像有些遺憾。
「……………」
一瞬間，真的只是一瞬間，隼人想像了春希和一輝坐在一起的畫面，立刻有股鬱悶黏糊的情緒湧上心頭。
為了掩飾這種思緒，他用力搔搔頭，口氣粗魯地說道：
「那我跟一輝一組吧。」
「我們也要裸裎相見了嗎，隼人？」
「有穿泳褲啦！」
「哈哈！」
都已經在伊織面前放話「後面大排長龍」了，總不可能一個人坐吧。
隼人滿臉疲態地追上春希和姬子的腳步。
這時，一輝若無其事地說了一句：

「雖然二階堂同學也不錯，但姬子也是漂亮又可愛，完全不輸她呢。」
「姬子嗎？嗯，她確實滿注重打扮的啦……但有這麼漂亮嗎？」
「！咦？啊，呃，那個，該說是跟二階堂同學相比毫不遜色嗎？還是看起來天真浪漫又純真，卻又讓人放不下心……」
「嗯？只是因為她是鄉下人，你才覺得該看緊她吧…………一輝？」
隼人回頭一看，發現一輝的反應有些失措。
「嗯嗯！我們也趕快過去吧，不然他們要丟下我們先走了。」
「等等，別推我啦，一輝！」
於是他清了喉嚨。
一輝變回平常那副笑臉迎人的模樣後，就硬是推著隼人的背往前走。
隨後，他又像在確認似的低語：
「我只是覺得姬子跟隼人一樣，是個有趣又善良的人。」
「啥，什麼意思啊？」
「哈哈，什麼意思呢？」

隼人一行人從早上就一直在滑水道區玩樂，直到姬子的肚子發出可愛的咕嚕聲，才決定去吃午餐。順帶一提，姬子還對聽出咕嚕聲的隼人鬧了一頓脾氣。

提供輕食的供餐區前方擺放著許多附有遮陽傘的桌椅，坐滿了各自用餐的遊客，隼人他們也在其中。

「咦，這些全都是隼人做的嗎！」

「有飯糰、炸雞塊和高湯煎蛋捲，都是簡單的菜色，沒必要大驚小怪吧。」

「哼哼～～隼人的料理口味可是掛保證的喔！」

「但哥的拿手菜有點偏門就是了。」

聽到一輝驚訝的提問，隼人有些疑惑地回答。春希不知為何一臉得意，姬子則擺出高高在上的態度。

放在眾人面前的，正是隼人親手做的便當。

主菜是追求酥脆口感的炸雞塊。

雞腿肉加入米酒、醬油、味霖、麻油、薑末、蒜末、洋蔥揉捏均勻後，靜置入味。

將調味稍重的雞腿肉鋪上低筋麵粉、太白粉及麵包粉，裹成厚厚的麵衣後，先以低溫慢炸，接著再拉高油溫復炸搶酥。這個味道當然也獲得月野瀨酒鬼們的一致認可。

「嗯～～～～好吃！口感有點像炸雞排，實際上卻是炸雞塊！」

「唔，是不是麵衣太厚了，口好渴喔！哥，給我茶！」

「那個，隼人，我真的可以吃嗎？」

「我做了很多啊。等等換你請我吃刨冰喔。」

大家和樂融融地將手伸向便當，開始大快朵頤。

這時卻有人完全沒有動作，那就是伊織和伊佐美惠麻。

兩人徹底變成了煮熟的章魚，雖然坐在椅子上，身體卻微微地偏向一旁。儘管如此，他們還是會偷偷瞥向對方，對上視線後又急忙別開臉，頭上彷彿冒出熱氣。

對這對情侶來說，凱爾派水道還是太刺激了。

旁觀者會對他們會心一笑，但和先前相比，兩人之間都沒說話，感覺狀況惡化了。眾人見狀，心裡還是會浮現些許罪惡感。

隼人和姬子眉頭緊蹙地看著彼此，春希一臉傷腦筋地輕輕搖頭，而一輝只是聳聳肩。於是隼人搔搔頭，將裝著炸雞塊的容器推到伊織和伊佐美惠麻眼前，開口說道：

「啊～～那個，我做了很多過來。不介意的話，伊織和伊佐美同學也嚐嚐看……」

「喔，喔，呃，嗯。抱歉啊，隼人。」

「！等、等一下！」

「……惠麻？」

就在伊織準備伸手拿取隼人做的炸雞塊時。

伊佐美惠麻反射性地發出一聲焦急的驚呼，並用和剛才的僵化反應截然不同的靈敏動作從包包裡拿出一個藤編盒。

「那個，我也做了便當……！因為那個，阿伊你之前，說了想吃……那個，我做了很多，大家也一起，享用吧……！」

藤編盒裡放滿了三明治。

餡料有經典的雞蛋、火腿、小黃瓜、鮪魚和生菜，還費了點工夫加入起司和酪梨，整體是以番茄為主的ＢＬＴ三明治。此外還有草莓和卡士達醬、香蕉和巧克力鮮奶油，或許是用來代替甜點。種類豐富，看起來華麗又繽紛。

「惠麻，妳居然真的做了……那個，有失敗嗎？沒問題嗎？」

「只、只是三明治的話，就不太需要用火。可是，呃，外型有點……」

伊佐美惠麻缺乏自信地說。大小不一的形狀確實不太美觀，一眼就能看出她的廚藝算不上純熟。看到隼人做出外型精美的飯糰和高湯煎蛋捲後，她就滿臉不安，沮喪地微微縮起身子。

然而隼人發出一聲感嘆。因為他一看就知道每個三明治都是費盡心思製作而成的。

儘管賣相不佳，從切面處的餡料也能看出精心製作的痕跡。

於是隼人對味道相當好奇，自然而然地伸出手。

「那我也吃一個──」

「哥！」

「──！」

但他伸出的手被姬子用力一打。

隼人不知所措地看向姬子，姬子只回了惡狠狠的表情。一輝也露出苦笑，連春希都對他投以傻眼的目光。

「哥……請問這個便當是誰要做給誰吃的呢？」

「………啊。」

那你知道第一個該動手的人是誰嗎～～？發現三人都用這種表情看著自己後，隼人才猛然回神，用伸出的手搔搔頭。

春希深深嘆了口氣，語重心長地喃喃道：

「真是的，不管到幾歲，隼人都還是不懂少女心……」

「妳、妳沒資格說我吧！」

「我、我最近有改進了啦！」

「所以妳之前果然也不懂嘛！」

「噗噗！嗯唔……嗯嗯！咳、咳咳！……呵呵！……嗯呵呵唔呵呵啊哈哈哈哈哈哈哈！！！」

「一輝！」「海童！」

聽到隼人和春希鬥嘴，一輝被吃到一半的飯糰嗆到，又忍不住噴笑出聲。這股笑意逐漸擴散，讓姬子露出傻眼的苦笑，連原本動作僵硬的伊織和伊佐美惠麻都不禁開始偷笑。

這次輪到隼人和春希被投以關愛的眼神了。

「……那個，我們也開動吧。」

「……嗯。」

隼人和春希感到無地自容，兩人都滿臉羞紅，默默地吃起午餐。

吃完午餐後，大家的下一個目標是漂漂河。

順帶一提，姬子原本還想衝滑水道，但聽到一輝說：「難得來水上樂園，不把其他種類一併征服的話，未免太浪費了吧？」就立刻改變心意。姬子在這方面還是這麼好騙。

而且除了一輝，連春希和伊織他們都認同：「果然是兄妹……」隼人雖然一臉不滿，也無話可說。

小路園的漂漂河絕對是能和滑水道並列的必玩設施。

宛如護城河在園區外圍循環流動的漂漂河，像河流一樣有緩急的水流，以及蜿蜒蛇行的急速彎道，底部有深有淺，路線也相當豐富。光是隨著水流前進就能玩得不亦樂乎。

水面也很寬廣，眾人都和樂融融地各自享受玩水的樂趣。

「隼、隼人！我還是漂不起來，要沉下去了！沒辦法啦，怎麼辦啊！」

「好好好，妳身體太用力了，春希。而且在這裡不需要踢水也會自動往前漂，妳只要先思考怎麼讓身體浮起來就好。」

「唔唔唔……就算你這麼說……！」

其他人都在享受漂漂河的樂趣，隼人卻在陪春希練習游泳。

春希之前自首，她確實是個徹徹底底的旱鴨子。

總之就是會沉進水裡，浮不起來。就算想在水面上踢水，不知為何看起來也會像雙腳沉在水中拚命掙扎。

在某種意義上也算是一種才能了。春希從剛才就不斷挑戰，卻還是如此狼狽。

「啊～～來，抓住我的手。臉不一定要浸到水裡，試著放鬆力氣，把身體交給水吧。」

「不、不能放開我喔！絕對、不能放手喔！」

「！我絕對不會放手，放心吧。」

「我相信你喔！」

「好、好啦。」

春希這句話很容易讓人會錯意，本人卻完全沒察覺。隼人皺起眉頭。

於是春希再次挑戰漂浮。她用驚人的力道死命抓著隼人的手，緊繃的身體還是浮不上來，雙腳直接踩到底。

「春希……」

「…………」

一對年輕男女面對面牽著手，在漂漂河站著不動。

春希滿臉羞紅地將臉別向一旁，隼人則用恨鐵不成鋼的表情盯著她。

「呃，再一次！再挑戰一次，好不好！」

「這次妳一定要放鬆，不用抓住我的手，只要輕輕搭著就行。像泡澡時放鬆的感覺。」

「泡澡時放鬆……嗯，這樣嗎？」

這次終於成功了。但她的下半身還是完全沉在水中，與其說浮在水面上，不如說是隨著水漂流。而她確實將身體交給水流了，這樣形容比較貼切。

然而想到她之前的表現，已經是一大進步。

「春希，妳成功了嘛。」

「喔、喔，抱歉。」

「唔，閉、閉嘴！我正在集中精神！」

春希的態度很認真，還板起一張臉。

看來是全神貫注地想讓身體放鬆。

很像春希會做的事，隼人也不禁輕笑——就在此時。

「啊，對不起！」

「嗚哇……啊！」

「！隼、隼人！」

有充氣艇撞上隼人的背，隼人也因此鬆開了手。

撞上來的是一群看似小學生的男孩，他們一臉尷尬地道了歉，隼人和春希卻沒空搭理他們。

「春希，冷靜點，腳踩得到地！」

「掙……啊噗……！」

「！」

「啊噗、咳、咳咳……！」

春希整個人沉到水裡後，因為事發突然便嚇得揮動手腳拚命掙扎。隼人立刻伸出手，被春希胡亂打了一陣，還是將她抱了上來。

（……………！）

下一秒，他差點就要暈過去了。

今天是來水上樂園玩，兩人都穿著泳裝。

超乎想像的柔軟肢體，隔著超薄布料感受到的飽滿彈力。將她緊擁入懷後，全身都能體會到肌膚緊密相黏。

拚命抓著隼人的春希還不斷將這些感受強壓過來。

在毫無預警的狀況下，兩人就這麼肌膚緊貼地抱在一起。

春希的存在開始侵蝕隼人的理智，本能也受到強烈刺激。隼人對眼前這個美少女燃起了濃厚的慾望，好想對她亂來，徹底發洩這股慾求。

但這裡是公共場所，是水上樂園。

一思及此，隼人努力匯聚僅存的理智，開口對春希喊道：

「春希，沒事了，腳能碰地。冷靜下來，深呼吸。」

「呼～～呼～～哈啊～～～～！」

春希好不容易才站穩腳步，努力深呼吸。

但他們依然抱在一起。

吹在隼人胸口的紊亂氣息相當性感，讓隼人渾身都熱血沸騰。在關鍵性變化即將發生的那一刻，隼人還是克服了羞恥心，急忙抓著春希的肩膀試圖拉開距離。

「……啊～～那個，妳沒事吧？」

「嗯，沒事了。討厭，我嚇死了。」

「這樣啊。那個，妳離我太近了，可以先退開嗎……」

「！對、對不起！」

「不、不會……」

終於釐清現狀後，春希連忙退開並轉向一旁，臉頰也因為羞澀而逐漸變紅潤。

隼人忽然覺得有點空虛，但隨著頭腦漸漸冷靜，心中也對剛才確切感受到的慾望湧現類似罪惡感的情緒。為了掩飾心情，他用力搔搔頭。

「……隼人的身體很有男人味呢。」

「…………………………咦？」

聽到春希這句低聲呢喃，隼人的腦袋忽然一片空白。

「呀————！啊哈哈哈哈哈！太酷了太酷了，小春，妳不會游泳的話，坐在泳圈上玩就好啦……啊，一輝學長，這次用橫渡急流的感覺繼續前進吧！」

「哈哈，遵命，公主殿下！」

「！小姬……」

「…………啊～還有一輝。那傢伙在幹嘛啦。」

只見一屁股坐在泳圈洞裡的姬子順著水流滑了過來。

在她身後的一輝像個司機推著泳圈。

看樣子他們是利用漂漂河的水流逆行、蛇行、坐在泳圈上漂流，或下水游泳，用盡全力享受這個設施。

姬子和一輝臉上都綻放前所未有的純真笑容。老實說，這個組合讓人有些意外。但看到這麼燦爛的笑容，隼人和春希也揚起嘴角，露出無奈的苦笑。

這也正好讓兩人有台階可下。他們深感慶幸地藉此轉移話題。

「啊～～好像可以先用泳圈找到漂浮的感覺呢。」

「說得也是。喂～～小姬～～！我也要加入～～！」

「喔，小春，妳終於放棄了？死心了嗎？」

「我、我我我我我怎麼可能放棄啊，這也是練習的一環啦！」

春希撥開水面往姬子身邊過去，隼人在後頭看著她的背影。

不同以往、只穿著泳裝的背影，再加上紮成三股辮的髮型，纖瘦圓滑的肩膀及腰部線條

這些充滿女人味的凹凸曲線，可說是一覽無遺。

隼人看了也覺得她的身材勻稱優美，身邊的人似乎也有同感。當隼人注意到眾人的視線都集中在春希身上時，不禁皺起眉頭。

老實說，因為剛才直接將春希擁入懷中，現在一想起她的魅力，感覺又要興奮起來了。

這時，和春希交班的一輝向他舉起手。

看到那比平常還要耀眼的微笑，隼人也苦笑著舉起手回應。

「隼人，再準備一個泳圈比較好吧？」

「是啊，應該一開始就要先備好才對。」

「哈哈，因為二階堂同學說『我一定會學會游泳，所以不需要』嘛。」

「真是的，備著又不會少塊肉。」

「哈哈，但我還是玩得很開心。我真的好久沒這麼快活了。」

「……一輝？」

一輝說出這句話時，感覺真的很開心，並露出純真無邪的笑容。

然而隼人也發現他臉上帶著一絲陰影。

一輝的前女友，以及前陣子看電影時遇見的國中同學——這些畫面在隼人的腦海中一閃而過。

隼人不知道他發生過什麼事，但那些都是過去式了。

著實遺憾的是，隼人認為「現在的一輝」是個值得信賴的人。

隼人的眉頭皺得更緊了。他嘆了口氣後，雙手掬起水往一輝臉上用力一潑。

「你得感謝約我們來玩的伊織……啦！」

「哇噗！幹、幹嘛忽然對我潑水啊，隼人！」

「哈哈，這樣就變成水嫩欲滴的美少年啦！」

「……渾蛋，膽子還不小，看我的！」

「噗哈，真有你的～～！這是回禮！」

「什麼！」

「哇哈哈哈哈哈！」

「啊哈哈哈哈哈哈！」

隼人和一輝順著漂漂河的水流漂浮著，拚命向對方潑水。他們似乎被戳中笑點，就只是笑聲連連地互相潑水，看起來又傻又孩子氣，但他們開心得不得了。

「……你們兩個大男生在幹什麼啊，隼人？」

「……一輝學長，你也有像哥這麼幼稚的一面啊～～」

「「！」」

這時，坐在泳圈上的春希和拉著泳圈的姬子一臉傻眼地過來了。

兩人不禁停下動作。隼人滿臉尷尬，連珠炮似的編起藉口。

「啊～～那個，我們是在決定誰要再去拿一個泳圈過來啦。不過仔細想想，要是讓一輝單獨過去，可能又會被女生搭訕，所以還是我去拿吧。那春希和姬子就麻煩你照顧啦！」

「隼人！」

「啊，哥逃走了。」

「嗯，逃走了呢。」

隼人立刻逃之夭夭。

除了傻眼和調侃的聲音，身後也傳來姬子的呼喚聲。

隼人的確需要一點時間讓頭腦冷靜下來。

「哥～我們在人工造浪池等你喔～～！」

隼人舉起手回應姬子，同時偷偷回頭一瞥。

結果就看見伊織和伊佐美惠麻甜蜜地牽著手，以仰躺的姿勢順著水流漂浮。

確認春希、姬子和一輝聚在一起商討要怎麼向他們搭話後，隼人就往更衣室的置物間走去。

「呼……這樣就行了吧。」

隼人在更衣室的置物間替泳圈充氣。

雖然也可以會合後再當場充氣，但要是沒準備好可以馬上使用的泳圈，感覺姬子和春希就會對他唸個不停。

隼人看向四周，發現有些人也跟他一樣正在充氣，看起來都很雀躍的樣子。他們一定對水上樂園充滿期待吧。

隼人當然也有自覺。看著這些人，他自然而然就會想起春希的臉——不僅如此，還會想起她的身體。

「呃，她是說在人工造浪池集合吧？」

隼人刻意把話說出口，想拚命揮去這股荒唐的思緒，並用單手拿著泳圈走出更衣室。為了確認地點，他走向附近的園區導覽板。

導覽板上有張地圖，以簡潔的手法描繪出小路園的全景樣貌。

人工造浪池設置在入口附近，離男女更衣室也很近。

是個絕佳的會合地點，隼人他們先前也在這裡集合過。

所以這個地方人潮非常多，但不知為何，周遭傳來的嗓音中聽不出興奮之情，反倒帶了幾分驚訝與困惑。

「喂，那個女生一直坐在那裡耶……」

「被放鴿子了嗎？她長得超可愛耶，只是……」

「感覺被她的視線掃到就會小命不保……奇怪？」

「好像在哪裡看過她耶……」

眾人的視線前方坐著一名少女，打扮花俏顯眼。

足以和春希匹敵的匀稱身材，在水上樂園也很醒目的蓬鬆髮型，蹺著腿坐在長椅上的大方模樣，在人群中顯得格外耀眼。

原來如此，因為她知道「大家都會看自己」，才會比春希更引人注目吧。而且隼人覺得她很面熟。

（她是叫，佐藤愛梨嗎……）

照理來說，一定會有很多人被她的美貌吸引而群聚過來。

但她渾身毫不掩飾地散發出不爽的氣息。

只有愛梨周圍充滿帶刺的氣息，難怪大家都只敢遠觀。

儘管是個貌美如花的少女，也不可能有人在明知會受傷的前提下還想亂碰出鞘的白刃。

現在的她就是這種感覺。

隼人也不想跟她扯上關係。

「…………」

但看到她微微顫抖的腳，還有看似淡然卻冷汗直冒的臉蛋後，就因為隼人稍微知道「她的身分」，所以無法選擇忽視。

如果是在月野瀨發生這種事，就算再怎麼不喜歡對方，若明知對方「受傷」卻故意裝作沒看見，一定會遭受眾人排擠。

隼人深深嘆了口氣，在附近的自動販賣機買了運動飲料後，踏著沉重的步伐走向愛梨並開口說：

「妳的坐姿不正確，再把腳伸直一點。還有這個，拿去喝吧。」

「啊？我不接受搭訕喔。」

「妳的腳抽筋了吧？」

「〜〜〜〜！」

隼人用泳圈戳了戳愛梨的左腳，愛梨就立刻繃緊身子。她頓時回過神來，惡狠狠地瞪著隼人。

隼人馬上舉起雙手做出投降動作，傻眼地皺起眉頭。

「喂！你幹嘛突然——」

「好了，別老是蹺著腿，把腳伸直讓血液循環通暢吧。還有，這是讓妳補充水分。在水上樂園反而很容易引發脫水症狀喔。」

「咦？啊……好、好啦，我知道了！搞什麼嘛，真是的……」

隼人又用泳圈戳了戳愛梨沒有抽筋的右腳，不斷催促她。愛梨雖然百般不願，還是乖乖把腳伸直，並喝起運動飲料。

其實用手捏一下可能會好一點，但要直接碰觸只有一面之緣的異性的腳還是會心生猶豫。而且隼人也沒對她有多大興趣。

過了一會，愛梨的表情逐漸明朗，或許是恢復了吧。

隼人心想「當初何必逼自己強忍呢」，但也覺得應該沒他的事了，便深深嘆了口氣，伸手搔搔頭。

「妳好像沒事了，下次要小心一點。」

「唔！等一下！」

「喔哇！」

正當隼人轉身準備離開時。

愛梨忽然用力扯住泳圈，隼人也因為事發突然，全身失去平衡。

他急忙將手搭上長椅試圖站穩腳步，愛梨也抓準這個機會硬是逼他在長椅上坐下。

隼人用抗議的眼神看向身旁的愛梨，質問她到底想做什麼，結果愛梨投以宛如凶猛野獸的銳利目光，讓隼人不禁屏息。

「……你有什麼企圖？」

「哪有什麼企圖，只是為了自我滿足……啊～只是多管閒事而已。」

「你知道我是誰嗎？」

「妳是佐藤愛梨吧？……讀者模特兒。」

「知道我的身分，還想打什麼壞主意？」

「完全沒有，就只是不忍心看妳腳抽筋。我對妳沒有很感興趣啦，那個……如果沒聽一輝說過妳的事，我應該不會管妳吧。」

「！等等，你……！」

「等、什麼！喂，臉靠太近了！」

不知為何，瞪大雙眼的愛梨忽然抓住隼人的臉，還探出身子盯著他拚命觀察。

簡直莫名其妙。

愛梨擁有足以勝任讀者模特兒的端正五官和勻稱身材，雖然隼人實在不會應付這種人（辣妹），此刻卻在不得已的狀況下被她盯著看。

在各種意義上都讓人臉紅心跳，四周投來的視線也讓他十分在意。
但愛梨的反應和眉頭緊蹙的隼人截然不同，她的臉色越來越難看，隨後發出一聲驚呼並往後退開。
「我還想說是誰呢，原來是一輝的朋友啊！我記得……你叫隼人吧！」
「現在才看出來喔！真是抱歉啊，我的臉就是平凡到讓人記不住。」
「對、對不起……我、我的視力很差……那個，日拋隱形眼鏡剛才也被水沖走了……」
「這樣啊，還真是多災多難。朋友還在等我，我先──」
「等、等一下啦！」
「……幹嘛？」
隼人已經打定主意這次一定要起身離開，又立刻被愛梨抓住手臂，愛梨也跟著站起來。
隼人用驚訝又困惑的表情看向愛梨，但她無動於衷。
她可能是看不清楚吧。
「那、那個，我想請你帶我到河濱區……因為朋友說走散了就在那裡碰頭，那個……」
「這點小事妳自己……呃，難道妳的視力差到連走路都有問題？」
「真的很丟臉……有水的地方地板又很滑……」

看到愛梨消沉地低下頭，隼人也不知所措地搔搔頭髮。

實在拿她沒轍。

愛梨現在的感覺完全不是過去那種辣妹作風，讓隼人產生一種錯覺，以為自己面前只是個極其普通又有點怯懦的女孩子。

之前遇見她時，她講電話的態度也完全不同，有種莫名的不協調感。

總而言之，隼人確實沒辦法對她置之不理。

在多方考量下，或許還是盡早把她帶到目的地比較快吧？

「好啦，抓著泳圈吧。」

「謝、謝謝你……」

「……不客氣。」

所幸河濱區到人工造浪池的距離不遠。

於是隼人帶著難以言喻的表情前往目的地。

所謂的河濱區，就是設於漂漂河外圍的餐飲區。

隼人他們先前吃午餐的地方也位於這個區域一角。

雖然腳抽筋的症狀已經緩解，隔著泳圈還是能感受到愛梨膽戰心驚。隼人也配合愛梨的步伐緩緩前進。

「唔！」

「啊！」

或許是不小心在濕滑地面腳滑了，有種泳圈被用力拉扯的感覺。

「簡、簡直糟透了……滑倒很丟臉耶……」

隼人回頭一看，發現愛梨死命抓著泳圈，宛如剛出生的小鹿。

用顫抖的嗓音喊出的咒罵聲，與其說是抱怨，反倒更像在為自己打氣，讓隼人忍不住噴笑出聲。

聽見笑聲後，愛梨嘟起嘴表示抗議，並用力推了推泳圈。

「哈哈，抱歉。啊~~那個，妳現在的感覺跟之前見面的時候差很多耶。」

「那是……果然，很奇怪嗎……？」

「嗯……不會啦。因為我身邊也有一個跟妳類似的人。」

「……是一輝嗎？」

「才不是，那小子哪有這麼精明。」

「啊哈，那倒是。嗯……隼人，你真的是一輝的朋友耶。」

「我也是不得已。」

愛梨輕聲笑了，這應該就是她的真實樣貌吧。

看樣子她可以自由切換辣妹的偽裝。

隼人腦海中忽然浮現裝成乖乖牌的春希。

不知道愛梨有什麼隱情，但想起她在一輝面前的表現，再繼續追問感覺也太不識趣了。

「那個……」

「嗯？」

「一輝最近，還好嗎？」

「這個嘛……他跟人告白，結果被狠狠甩了。」

「咦？不會吧！」

「喂，不要忽然拉住泳圈啦！」

隼人原本只是想開點玩笑，在她聽來似乎不是這麼一回事。

愛梨難以置信地瞪大雙眼，現在也散發出要上前揪住他的狠勁。

隼人用安撫的口氣向愛梨解釋：

「那個，雖說是被甩了，但似乎只是在外人面前營造出的假象。他不是因為喜歡對方才告白的。」

「……啊，跟我那時候一樣？」

「呃，對，算是吧。抱歉，我聽一輝說過這件事了。」

「這樣啊……」

隨後愛梨嘆了口氣，顯然如釋重負。

不過看到她露出有些落寞的神情，隼人反而更困惑了。

這樣根本就像——

「一輝他啊，國中時腳踏好幾條船呢，我應該是第三個吧？」

「…………啥？」

她忽然轉移話題。

但內容太令人震撼，讓隼人無法置若罔聞。

他不禁心生動搖地繃緊全身。當這份緊張感隔著泳圈傳達給愛梨，愛梨只是一臉困擾地對他笑了笑。

接著，愛梨用對過去有些懊悔的嗓音低喃：

「一輝長得帥，還被百百——不知該說是被姊姊調教過，還是被當成玩具，總之他被灌輸了各種和女生應對的方法。加上他運動神經好，自然會大受歡迎，甚至還有硬要倒貼的女孩子。」

「……比如妳嗎？」

「啊哈哈，是啊……你說得沒錯。一輝習慣陪在女生身邊，但不會明確地拒絕，所以有好幾個女孩子自稱是他的女友。雖然國中生也不太會應付這種狀況啦。」

「所以說，一輝從以前就是個蠢蛋嗎？」

「！」

隼人有些動搖，不過想起一輝現在的模樣和他前陣子的獨白，最終還是得出「蠢蛋」這個結論。他把這句話說出口後，愛梨的臉色驟變，開始捧腹大笑，並用力拍隼人的背。

「啊哈哈哈哈哈哈！嗯，是啊，沒錯。不愧是朋友，你還真了解他！畢竟一輝就是個蠢蛋嘛！」

「嗚哇，幹嘛，住手啦！」

「哈啊，笑死我了……是啊，一輝真是個傻瓜，又這麼殘忍……」

「…………」

愛梨的表情立刻轉為陰鬱。看到她像之前那樣變化劇烈的反應，隼人不知所措。

隨後，愛梨低聲說出在心底深藏已久的話。

「我已經盡力了，可是……」

這句無力的輕聲呢喃只有隼人能聽見，竄入他的耳裡，直搗他心中最脆弱的那一部分。

隼人和愛梨站在原地，人潮的喧囂隨著水流在兩人四周環繞不息。

愛梨像個幼童般一臉為難地呆站著，看起來就像迷路的孩子。

不知怎地，隼人彷彿在她身上看見了「春希」搬家後被拋下的自己。

他無法置身事外。

卻又不知該如何開口。

為了掩飾躁亂的心情，隼人用力搔搔頭，說出真心話。

「那個，一輝雖然傻，本質上還是個好人。現在是，過去一定也是。」

「……咦？」

「啊～～真是的，雖然不太會形容，一輝那小子不太精明啦！」

愛梨聞言，眨了眨眼，直盯著隼人。

「……隼人，你對這方面，應該說，你是不是很懂怎麼跟女孩子相處？」

「哪裡懂啊，我說過我是鄉下人吧？同輩的女孩子只有妹妹跟那個朋友。」

「那就是物以類聚嘍？」

「什麼意思啊。」

說完，愛梨輕聲笑了。

被當成一輝的同類，換隼人擺出苦瓜臉，似乎要表達非他所願。

接著，愛梨又變回嚴肅的表情，伸出食指指著隼人問道：

「欸，我有一個問題。如果被好幾個女孩子告白，你會怎麼做？」

「啥？根本不可能有這種事，我哪知道啊。」

「……假設一下嘛，回答我——呀啊！」

「……就算妳這麼說——啊，喂！」

因為愛梨的表情太過嚴肅，隼人不禁嚇得連連後退。當愛梨再次逼近時，腳卻不小心滑了一下。

隼人立刻抱住她讓她免於滑倒，但她的肌膚有些冰冷，跟剛才碰到春希的感覺不一樣。

被迫體會到愛梨少了贅肉卻依舊柔軟的身體，以及輕盈的重量，讓隼人驚慌失措。

這個姿勢非常危險。

兩人肌膚相貼，緊緊抱在一起。

雙方都僵住了，空氣中瀰漫著尷尬的氣息。在外人眼中，他們是什麼樣子呢？

隼人想盡辦法擠出一句話。

「那個，妳沒事吧？」

「呃，那個，謝謝……我會盡我所能地報答你——」

隼人的腦袋瞬間沸騰，但不知是幸或不幸，他並沒有失去理智。

「——妳到底想怎麼報答他啊？」

「「！」」

一股寒意竄過隼人的背脊。

他的意識、情緒和生存本能都發出了警報。

「我才想說你怎麼這麼久還沒回來，請問你到底在做什麼呢，『隼人』？」

「春、春希……」

隼人緩緩轉頭看向聲音來源，只見身後有一名可愛的美少女，渾身散發足以讓周遭降溫的清冷氣息——那人正是「二階堂春希」。

不知為何，春希現身後表現得一本正經（乖巧的假象）。她的一對柳眉往中間靠攏，輕輕用食指抵著下巴微微歪頭的模樣十分惹人憐愛，卻讓隼人的背脊頻頻顫抖。

仔細一看，春希的眼中毫無笑意，視線也緊盯著他身旁的愛梨。

「兩位看起來很要好呢。隼人，你是把我們這些一起來的朋友丟著不管，跑去和那個女孩子約會嗎？」

「！不、不是……妳、妳聽我說，我們之前是因為某些原因才會認識，那個，因為她腳抽筋，隱形眼鏡又被沖走了，才會……」

「呀啊！」

被春希這麼一問，隼人才想起自己還被愛梨緊緊抱住，便慌張又粗魯地將她拉開。

「哦，你們認識嘛……你居然瞞著我，認識了這麼花俏又漂亮的女孩子。原來『隼人』你動作這麼快啊，我都不曉得呢。」

「呃～～該怎麼說，是之前跟一輝——」

「原來如此，是利用海童同學接近她啊？」

「……啊啊，那個，可惡！」

隼人實在沒辦法好好解釋他跟愛梨之間的關係。

總不能在眾目睽睽之下大肆宣揚她是一輝的前女友。

看隼人欲言又止的模樣，春希不知做何解讀，表情顯得越來越疑惑。

隨後，她原本和善的假笑蒙上一層陰影，消沉地低下頭。

春希有些膽怯地抓著泳圈，用可憐兮兮的嗓音低聲問道：

「……你不要我了嗎？」

「等等，喂，這說法怪怪的！」

隼人知道她在演戲。

但實在太逼真了。

在旁人眼中，就像他拋棄清純可愛的春希，對華美豔麗的愛梨移情別戀吧。

儘管春希和愛梨的風格本來就不一樣，兩人精緻的美貌在一般女孩中也算是數一數二的等級，自然會引來眾人的目光。春希悅耳卻悲愴的嗓音完全打進了觀眾的心坎裡。

「喂，那傢伙……」

「居然甩了這麼正的女生移情別戀……欸，等一下？」

「那個人好像佐藤愛梨喔，根本一模一樣吧！」

「難道是本人嗎！那就沒辦法了……不過那個男生是誰啊！」

眾人的好奇目光自然會往他們身上投射過來，圍觀群眾也開始騷動。

聽到旁人的議論聲，春希更用力地抓住泳圈。

仔細一看，還能看到她的肩膀在顫抖。但她低著頭，隼人看不出她臉上的表情。

「……春希？」

「哇啊，好可愛的女孩子！欸，妳是隼人的女朋友嗎？」

「──！」

從剛才就愣在原地的愛梨忽然加入戰局。

或許是近視的緣故，她把臉湊到離春希近到不能再近的位置，仔細凝視並細細打量。

「嗯嗯，長相確實有一流水準，或者更甚……天啊，妳幾乎素顏耶！是因為來水上樂園嗎？不不不，這……哇啊，太美了吧！」

「咪、咪呀！」

她的行為相當唐突。

興奮無比的愛梨露出閃閃發亮的眼神，在春希身上摸來摸去，距離相當近。

這也是讓隼人對這種人（辣妹）反感的行為之一，但從剛才的表現來看，應該是對春希的美貌感到又驚又喜的真實反應吧。

然而春希實在吃不消。她被突如其來的狀況嚇得上身後仰頻頻後退，愛梨卻立刻逼近不肯放過她。

隼人也試圖為春希擋下愛梨，但要介入兩個女孩之間，還是讓他有些猶豫。

「身材好像也不錯，硬要說的話，頂多希望妳再高一點吧?化妝後應該會比現在更漂亮，髮型方面要怎麼修整呢？」

「喂，妳夠了吧——」

「啊，不然我幫妳跟『經紀公司』引薦——」

「——唔！」

當隼人實在看不下去而開口責罵，愛梨也對春希伸出手時。

春希散發的氣息驟變，將她的形象徹底改變。

「『——別碰我，滾一邊去。』」

「「！」」

「啪！」一道清脆聲響傳遍四周，周遭頓時鴉雀無聲。

情況轉瞬即逝。

所有人都懷疑起自己的眼睛。

眼前的人是一名技術高超的劍客。春希用迅速拔刀的姿勢揮開（迎擊）愛梨的手，讓人誤以為她手上真的有一把刀。

愛梨頻頻將手搭在脖子上發出「咦？咦？」的驚叫聲，狂眨眼睛。

隼人也來回看著春希的右手和愛梨的脖子。

除了隼人和愛梨，旁人也都看傻了眼。

他們也看到了幻覺，以為愛梨被砍了一刀。

「『懂了嗎，小妹妹？』」

「～唔！～～、～～唔！！」

「咦？啊，這……」

她的聲音不像十五歲的少女，而是從無數地獄歷劫歸來、身經百戰的劍客。

隼人只能勉強認出這是前陣子和姬子一起觀看的動畫角色之一。

但被春希「拿刀」抵在眼前，愛梨只能點頭如搗蒜。

「……………我們走吧，隼人。」

「咦？噢。」

這次她才變回「原本的」春希，硬是推著隼人的背離開現場。

看到春希如萬花筒般千變萬化的模樣，留在現場的人只能啞口無言地呆站在原地。

至於愛梨，幾乎已經被囚禁在春希打造的虛幻世界裡了。

她覺得自己真的被砍了一刀，理智上卻明白並非如此。

春希的「演技」就是如此逼真。

當她理解這一點後，依然將手搭在脖子上瑟瑟發抖。

隨後，她才終於被呼喚自己的聲音拉回現實。

「喂～～愛梨～～妳在這裡啊，我一直在找妳耶～～」

「啊，百百學姊。」

「怎麼在這裡發呆啊～～？難不成遇到『我弟』了嗎？」

「啊哈哈，我沒有碰到『輝輝』啦……那個女孩子……」

「……嗯？」

「不，沒什麼。」

愛梨對跑向自己的海童百花回了尷尬的笑容。

離開河濱區後，隼人拚命追在春希後頭。她絲毫不掩怒氣，氣得怒火沖天。

「春希，等一下啦，那個，真的很對不起。」

「你幹嘛道歉？是啊，畢竟你也是男孩子嘛，被這種花俏又可愛的女孩子投懷送抱，當然會露出色瞇瞇的樣子嘍！」

「我哪有色瞇瞇啊。」

「誰知道呢！你確實丟下我們不管，跑去跟那個女生打得火熱啊！」

「哪有火熱啊……我剛剛就說了，我跟她只是互相認識，而且她好像遇到問題了嘛。」

「那就奇怪了～！而且她是模特兒吧？還是藝人？你怎麼會認識那種女孩子啊，莫名其妙！」

「這是……」

「哼！」

隼人說得再多，春希也無意理睬。考慮到愛梨和一輝的關係，隼人就不敢亂說話，結果連隼人自己都覺得像在找藉口。

但撇除這一點，隼人還是不明白春希為什麼要賭氣到這麼固執的地步。他拚命地追著腳步越來越快的春希。

「喂，春希！」

「像隼人這種鄉巴佬，還是被美人計騙上一回，吃點苦頭比較好啦！」

「我的確是鄉巴佬，但也不會傻到上當受騙啦。不過真的有這種事喔？」

「你根本不知道女人有多恐怖！」

「……春希和姬子也很恐怖嗎？」

「唔！啊～～煩死了！『少囉嗦，閉嘴，滾一邊去』！」

「…………啊。」

隼人忽然停下腳步。

「以前的春希」也說過這句話，而這句話從孩提時代就一直深埋在隼人心底。

現在長大了，他也知道這只是口是心非之詞。

也能聽出潛藏其中的祕密。

隼人想起之前在Shine Spirits City對春希說過的話。

於是他搔搔頭，將手伸向春希的手。

「春希。」

「！」

回過神才發現，自己像當時那樣硬是抓住春希的手。

「抱歉，『讓妳擔心了』，真對不起。」

「～～～！」

春希回頭看他，整張臉頓時漲得通紅。

她那一張一合的嘴試圖給出回應，不知為何卻說不出半個字。

「……隼……」

「啥？」

「隼人你這個大笨蛋————！！！！」

「痛死了～～！」

春希的情緒徹底爆發，同時賞了隼人一巴掌。

◇◇◇

姬子在人工造浪池玩瘋了。

一樣都是水池，光是有造浪效果，玩法就會大不相同。

套著泳圈的姬子隨著浪花起伏，心無旁騖地視察周遭，尤其是情侶們的反應。

因為面對浪花造成的突發狀況，戀人們都能樂在其中。

「快、快看啊，一輝學長，你看那對情侶！男友居然揹著女友游泳耶……呀～好恩愛喔，太甜蜜啦！我覺得惠麻學姊他們也可以像那樣放閃呢～」

「啊哈哈，是啊。」

順帶一提，伊織和伊佐美惠麻此刻屈膝坐在岸邊，時不時用單手向對方潑水，看了讓人會心一笑。

姬子的心情依舊亢奮。

因為四周有很多甜蜜的情侶，姬子便仔細觀察並逐一回報。例如「哎呀，他們想硬塞進一個泳圈耶～」「哎呀，在水裡跟著浪花漂浮的時候，居然還一直看著對方～」「哎呀，他們跟海灘球一起被浪捲來捲去耶～」

在一旁看著姬子的一輝臉上依舊掛著溫柔的微笑。

「對了，哥和小春怎麼去這麼久啊～～？」

「因為隼人很愛管閒事啊。說不定幫了個遇到困難的女孩子，反被搭訕之類的……感覺機率很大。」

「啊哈哈，你說哥嗎～～？我剛剛就說過了，哥不可能被女生倒追啦。他臉上就寫著鄉巴佬三個大字耶～～」

「不一定喔。妳看，二階堂同學也是因為擔心才出去找他的。」

「咦～～是這樣嗎？我反而比較擔心小春耶～～」

隼人去拿備用泳圈後，過了很久都沒有回來。

在這個人工造浪池一至二人的玩法，大致上都玩過一輪了。

姬子一邊閒聊一邊思考跟隼人會合後要玩些什麼，結果一輝忽然開口問道：

「姬子，妳好像都盯著情侶看耶，是不是對戀愛很好奇？」

「嗯～～怎麼說呢？該說喜歡戀愛話題是女生的本能嗎……但小春算是特例吧。」

「啊哈哈，本能嗎？」

「一輝學長呢？你剛才還被女孩子搭訕呢。只要有心，應該馬上就能交到女朋友吧？」

「……我暫時沒有那種想法。」

「什麼，真是暴殄天物！」

「姬子，妳也很受歡迎吧，不想交男朋友嗎？」

「咦？」

姬子發出怪聲。一輝的提問來得太突然了。

回想自己今天的表現，確實會讓一輝有這種疑問，但不知怎地，姬子心中隱隱作痛。

男朋友。

仔細掂量這三個字後，姬子發現自己皺起了眉。

但她不知道原因為何。

「…………」

「…………」

儘管和微笑提問的一輝四目相交，姬子也只是一臉困擾地歪著頭，胸口有些躁動。

當內心充斥這股莫名的情緒時，一陣熟悉的嗓音忽然竄入耳中。

「怎麼可以突然打人啊！」

「因為你有錯在先啊！」

「莫名其妙耶！」

「而且隼人你以前就——」

「春希之前也是——」

姬子疑惑地循聲望去，就看見哥哥和兒時玩伴一邊互罵（鬥嘴）一邊往這裡走來。

眼前這個再熟悉不過的景象，讓姬子的臉都僵住了。她和一輝互看一眼，露出苦笑。

姬子嘆了口氣。

兩人雖然互相叫囂，卻又帶著笑容，看起來很開心。

所以姬子在春希臉上看見了「以前的春希」的影子。

（……………啊。）

這一刻，姬子才終於恍然大悟。

「欸，一輝學長，我以前喜歡過一個人。」

「……………什麼？」

「但那個人現在變得遙不可及，所以我暫時也沒有那種想法。」

「這樣啊……」

姬子輕笑出聲，自然而然地將手放上仍帶著些許甜蜜痛楚的胸口。那張笑容充滿了泫然欲泣的悲傷。

一輝那凝視著姬子的眼眸閃爍，似乎有些意外。

被他這樣盯著看，姬子也發現自己將鮮少與他人言的真心話說出來了，便有些羞赧地發出「啊哈哈」的敷衍笑聲，離開水池。

「我們也過去吧，一輝學長。」

「！啊、好……」

姬子催促著不知為何僵在原地的哥哥的朋友（一輝），並往哥哥和兒時玩伴走去。

會合後，兩人就用幼稚的口氣對她叫嚷：

「啊，姬子！妳來當裁判！」

「雖然還沒決定要用什麼方式，但我要跟他一決勝負啦，一決勝負！一定要分出高下才行！」

「哥、小春，你們幹嘛忽然吵架……」

不知道發生了什麼事。

這兩人唸唸有詞地瞪著對方，氣焰高漲的模樣，姬子從小就見識過無數次了。

與當時不同的長髮和短髮。

與當時不同的身高差距。

與當時不同的聲線高低。

反正一定是為了無聊小事才會吵起來吧。

一直以來都是如此。

玩遊戲、賽跑、一口氣喝光彈珠汽水。

在家裡、在散步途中、在放學回家路上。

大發脾氣、鬧彆扭、滿心不甘。

驚訝、開心，再相視而笑。

必然的結果。

當這些回憶與感情層層積累，彼此心中的天秤就會搖擺不定，最後帶著笑容取得平衡。

這個過程從小就重複過無數次了。

所以姬子嘆了口氣。

接著傻眼地用隱含著千言萬語的口氣，對他們也對自己大聲喊道：

「——真是的，怎麼還是以前那副德性啦！」

# 尾聲

無邊無際的天空飄過幾朵潔白如新的雲，為蒼藍的天幕增添色彩。

這個偏僻的鄉村四面環山，彷彿被鑲在畫框中似的，還能見識到這般如詩如畫的天空景色。

要到市中心必須先徒步半小時到客運站搭乘客運約一小時，再搭將近兩小時的電車，之後還要再轉乘新幹線。光移動就需耗時半天以上，與世隔絕的窮鄉僻壤之地，就是月野瀨。

放眼望去，為數不多的平地全都闢為農田，遠處還升起燃燒稻草的陣陣煙霧，四處瀰漫著土壤及肥料的氣味。

沙紀看著一如往常的月野瀨景色，踩著腳踏車前往公車站。

「喂～～！喂～～沙紀～～！」

「啊，源爺爺！你好～～！」

聽到有人在田裡喊著自己，沙紀將腳踏車停了下來。只見在神社氏子的聚會中總是千杯不醉的源爺爺在枝葉繁茂的翠綠田中向她用力揮手，要沙紀在原地等他。

源爺爺往手提塑膠袋中塞進當季的茄子、番茄、秋葵和小黃瓜等夏季蔬菜，急急忙忙跑了過來。

「來，拿去。這都是剛摘下來的，很新鮮喔，雖然形狀很醜啦！」

「這、這麼多……前天你也給過我了呀。」

「不不不，霧島小弟沒有吧？妳幫我拿給他。」

「唔咿！」

「他今天要回來吧？看沙紀今天穿得這麼漂亮就知道啦，哇哈哈！」

「咦？啊、等等，源爺爺～～！」

被源爺爺這麼一提，沙紀滿臉通紅地提出抗議，卻也因為被猜個正著而無可反駁。

沙紀今天穿的不是月野瀨居民常見的制服或巫女裝，而是清爽簡潔的針織棉上衣和蕾絲長裙這種有點挑戰自我的風格。

十四歲的沙紀稚氣尚存，膚色白皙，這身裝扮為她增添了些許成熟韻味，非常適合她。

順帶一提，為了隼人和姬子返鄉的這一天，她煩惱了半個月以上才選出這身搭配。

「喂～～源大哥～～捕獸夾又抓到山豬啦～～！哦，沙紀也午安呀！」

「兼八叔叔，你要去殺豬嗎？」

「對啊！抱歉在妳開心的時候打擾妳，記得幫我叫霧島小弟過來幫忙喔，呀哈哈！」

「唔！討、討厭，連兼八叔叔都笑人家～～！」

這次是開著小貨車的其他居民路過此地，也不忘調侃她幾句。

沙紀實在忍無可忍，將源爺爺送的蔬菜放進腳踏車貨籃後，便逃也似的離開現場，身後還不斷傳來「呀哈哈」和「啊哈哈」的笑聲。這一幕在日常生活中經常上演。

（討厭～～討厭討厭討厭！……但我看起來真的這麼開心嗎？）

沙紀下車對自己檢視了一番，還是一頭霧水。

硬要說的話，她只擔心服裝和髮型會不會奇怪，心中充斥著各種思緒。

（……應該沒問題吧？）

她緩緩推著腳踏車，繼續往公車站牌所在的縣道走去。

心中五味雜陳。

既想早點見面，又希望再推遲一些，兩種矛盾的情緒在心中不斷抗衡。

尤其是春希。

沙紀對她的存在充滿了臆想。

這時，前方傳來公車即將離站的喇叭聲。

「是沙紀耶！沙紀～～喂～～沙紀～～！」

「啊，小姬！」

沙紀抬起原先低下的頭，就看見時隔兩個月不見的姬子（好朋友）用力揮著手跑向自己。

她那開朗的嗓音和笑容，讓沙紀也跟著笑了。看來他們比預定抵達的時間提早了些。

這位永遠像太陽般明亮耀眼的好朋友，將沙紀心中的憂愁一掃而空。真是令人自豪的好朋友。

「哇～～沙紀，這身打扮超可愛～～！好成熟喔～～！是不是想挑戰自己的風格啊？」

「啊哈哈，沒什麼差別吧。」

「是嗎？啊，對了！車站有賣小鳥和雞蛋形狀的奶油夾心餅乾伴手禮，感覺很好吃，可是排了好多人喔，我沒買到。不過燒賣便當超級好吃喔！還有啊——」

「這、這樣啊～～」

「我想說說新幹線上賣的冰淇淋，吃起來有夠硬。」

「唔！」

「對對對！哥說冰淇淋太硬了，居然想淋熱咖啡吃耶！根本是邪門歪道！」

「他說那是『阿福加豆』風?區區隼人居然還裝模作樣!」

「對啊,哥還真好意思~~!」

一名留著烏黑長髮,相貌楚楚動人的女孩從姬子身後走來,加入了話題。是春希。

沙紀不禁為之屏息。

之前就隔著螢幕看過她的長相了。

她有著可愛的五官和勻稱的身材比例。該說是存在感嗎?親眼目睹這位魅力十足的少女後,連同為女性的沙紀都看得入迷,不禁發出五味雜陳的嘆息聲。

「是阿芙佳朵啦,義大利好像經常這樣吃……呃,姬子、春希,妳們太激動了,害村尾不知該作何反應。」

「唔!」

沙紀再度因為其他原因而屏息。

從姬子和春希身後走來的正是隼人,兩手還拿著旅行袋。沙紀回顧最後一次見到他的記憶,覺得他頭髮變長了些。這也表示他們真的很久沒見了。

沙紀的心中躁動起來,身體也僵住了。

他是好朋友的哥哥，也是過去為自己的世界帶來色彩的那個少年。

好想說點什麼。

腦子卻一片空白，一句話也說不出口。

最近明明可以在群組中和他正常對話。

但在現實世界裡，沙紀還是像以前一樣茫然無措。

沙紀對這樣的自己感到煩躁不安。

「哥，你離沙紀太近了吧？你看，她嚇到無法動彈了！」

「喔，抱歉。」

「……唔！不，那個……！」

看到沙紀的反應，姬子嘆了一口氣，抓著隼人的手把他拉開。

不對，不是這樣——明明想解釋清楚，卻找不到合適的用詞，無法採取行動，讓沙紀只能乾焦急。

但春希不經意地探頭看向沙紀的臉。

「沙紀，妳好可愛喔。」

「唔！」

第三度為之屏息。

春希的表情既似困窘又似傻眼，感覺很不可思議。沙紀猜不出她的真心。

沙紀瞪大雙眼看著春希，春希便回了個和善的微笑。

「我想跟沙紀培養感情，至少要達到隼人和小姬跟妳的友好程度。」

「……啊！」

說完，春希繞到沙紀身後推了一把。

她的力量並不大，但沙紀的身體還是往前移了幾步。

「……村尾？」

「沙紀？」

「～～～～！」

她來到隼人和姬子面前，兩人一臉不解地看著她。

雖然春希在後頭推了一把，但這確實是出自沙紀的個人意志。不過有沒有做好心理準備，又是另外一回事了。

沙紀的眼神四處游移，還是一樣發不出聲音。

她難為情地往下看，剛才源爺爺給的夏季蔬菜便映入眼簾。這是源爺爺交代要送給隼人的東西。

已經為她做足萬全準備了。

於是沙紀依舊滿臉通紅地將這袋蔬菜推到隼人面前。

「那個，哥哥，這、這是源爺爺要送給你們的～！」

「咦，什麼什麼？茄子、秋葵、小黃瓜……嗚噁，還有番茄。」

「啊哈哈，看到這個就有回到鄉下的感覺了。」

「謝謝妳，村尾。也得跟源爺爺道謝才行。」

收下蔬菜後，隼人感慨萬分地這麼說。

（…………啊。）

看著圍上前來興奮地討論起夏季蔬菜的隼人、姬子和春希，又望向周遭的月野瀨景色，有句話自然而然地湧上沙紀的心頭。

「各、各位，歡迎回來！」

三人聽到沙紀這句話，不禁愣了一下，互看一眼後，隨即笑逐顏開地說：

「「「我回來了！」」」

回答的聲音緩緩隱入高空中。

微風輕拂，滿山群木也唱起了歌。
田裡出現青翠的稻浪，池水表面也掀起漣漪。
月野瀨還是那個一成不變的鄉村。
今年卻即將迎來跟過去不太一樣的夏日景色。

# 後記

我是雲雀湯！正確來說，是某個城市的大眾澡堂「雲雀湯」的店貓！

又在這篇後記中跟大家見面了！喵～～！

故事來到了第三集。

兩人終於開始意識到對方是異性，察覺彼此之間已經不同以往了。

他們心中萌生出還稱不上是戀情的好感雛形，以及累積至今的信賴與牽絆。

隼人和春希正在試探摸索這段嶄新的關係，當中還出現了明確察覺到戀慕之情的沙紀。

我在描寫沙紀的時候總是小心翼翼。

只要稍有差池，先不論她的心境如何，在讀者眼中可能會變成討人厭的第三者吧？由於編輯也指出了這個問題，我便接受建議，將網路連載的內容又加筆修改了不少。

拜此所賜，才將她打造成充滿魅力的女孩子。各位覺得如何呢？

沙紀登場後，感覺這個故事才終於站上了戀愛喜劇的起跑線。

此外，還有在醫院和活動中碰到的那個知道春希存在的男人，以及一輝的前女友佐藤愛梨，跟劇情伏筆有關的角色們也一一出現了。

對了，大山樹奈老師也在ドラドラふらっと♭網站上開始連載《轉美》的漫畫版了！

請各位一定要去看看春希他們活靈活現的各種表情。我個人超愛出現一下下的源爺爺的羊，捲翹的羊毛真的太可愛了！

此外，這次我也收到了好多粉絲信！

也有收到粉酒喔（小聲）。

對作者來說，在網路如此普及的現代，特地以紙筆書寫的粉絲信所帶來的驚喜，簡直是筆墨難以形容。

就算只寫了一句「喵～～」，還是特地用具體的形式向我傳達喜歡的心情，我真的覺得很開心。

我會將每一封粉絲信重看無數次，化為寫作的動力。

看完第三集後，也請大家不要客氣儘管寄來吧！

那麼，第三集的故事也是未完待續！就先在此做個收尾吧，敬請期待轉美後續的劇情發展。

最後，我要感謝K責編不斷陪我商量並提出建議。負責插畫的シソ老師，謝謝您提供精美的插畫。我也要對支持我的所有人，以及讀到這裡的每位讀者獻上由衷的感激。希望往後也能繼續得到你們的支持。

期待各位的聲援和粉絲信！

這次的粉絲信跟上次一樣，只寫一句「喵～～」也沒關係喔！

喵～～！

令和3年　9月　雲雀湯

國家圖書館出版品預行編目資料

轉學後班上的清純可愛美少女，竟是小時候玩在一起的哥兒們 / 雲雀湯作；林孟潔譯. -- 初版. -- 臺北市：臺灣角川股份有限公司, 2022.04-
冊； 公分
譯自：転校先の清楚可憐な美少女が、昔男子と思って一緒に遊んだ幼馴染だった件
ISBN 978-626-321-353-1(第2冊：平裝). --
ISBN 978-626-321-679-2(第3冊：平裝)

861.57 111001909

Kadokawa
Fantastic
Novels

# 轉學後班上的清純可愛美少女，竟是小時候玩在一起的哥兒們 3

（原著名：転校先の清楚可憐な美少女が、昔男子と思って一緒に遊んだ幼馴染だった件 3）

2022年8月10日　初版第1刷發行
2022年12月2日　初版第2刷發行

作　者：雲雀湯
插　畫：シソ
譯　者：林孟潔

發行人：岩崎剛人
總編輯：蔡佩芬
編　輯：孫千棻
美術設計：李思穎
印　務：李明修（主任）、張加恩（主任）、張凱棋
發行所：台灣角川股份有限公司
地　址：104台北市中山區松江路223號3樓
電　話：（02）2515-3000
傳　真：（02）2515-0033
網　址：www.kadokawa.com.tw
劃撥帳戶：台灣角川股份有限公司
劃撥帳號：19487412
法律顧問：有澤法律事務所
製　版：巨茂科技印刷有限公司
ISBN：978-626-321-679-2